बिच्छू फूफी

बिच्छू फूफी

इस्मत चुग़ताई

अनुवाद

मोहम्मद उमर

वाणी प्रकाशन

वाणी प्रकाशन
4695, 21-ए, दरियागंज, नयी दिल्ली 110 002
शाखा
अशोक राजपथ, पटना 800 004
फ़ोन : +91 11 23273167 फ़ैक्स : +91 11 23275710
www.vaniprakashan.in
vaniprakashan@gmail.com
sales@vaniprakashan.in

BICHCHHOO PHOOPHEE
by Ismat Chughtai
Translated by Mohammad Umar
ISBN : 978-93-5000-963-5
Collection of Stories

संस्करण 2012
आवृत्ति 2018

मूल्य : ₹ 250

आर. टेक ऑफ़सेट, दिल्ली-110 095 में मुद्रित

वाणी प्रकाशन का लोगो मक़बूल फ़िदा हुसेन की कूची से

अनुक्रम

बिच्छू फूफी

जब पहली बार मैंने उन्हें देखा तो वह रहमान भाई के पहले मंज़िले की खिड़की में बैठी लम्बी-लम्बी गालियाँ और कोसने दे रही थीं। यह खिड़की हमारे सहन में खुलती थी और कानूनन उसे बन्द रखा जाता था क्यूँकि पर्दे वाली बीवियों का सामना होने का डर था। रहमान भाई रंडियों के जमादार थे, कोई शादी-ब्याह, खतना, बिस्मिल्लाह की रस्म होती रहमान भाई औने-पौने उन रंडियों औ ग़रीब के घर में वहीद खान, मुशतरीबाई और अनवरी कहरवा नाच जातीं।

मगर मोहल्ले-टोले की लड़कियाँ-बालियाँ उनकी नज़र में अपनी सगी माँ-बहनें थीं। उनके छोटे भाईबन्द और गेंदा आये दिन ताक-झाँक के सिलसिले में सरफुटव्वल किया करते थे, वैसे रहमान भाई मोहल्ले की नज़रों में कोई अच्छी हैसियत नहीं रखते थे, उन्होंने अपनी बीवी की ज़िन्दगी में अपनी साली से जोड़-तोड़ कर लिया था। उस यतीम साली का सिवाय उस बहन के और कोई मरा-जीता न था। बहन के यहाँ पड़ी थी, उसके बच्चे पालती थी। बस दूध पिलाने की कसर थी, बाक़ी सारा गू-मूत वही करती थी और फिर किसी नकचढ़ी ने उसे बहन के बच्चे के मुँह में एक दिन छाती देते देख लिया। भाँडा फूट गया और पता चला कि बच्चों में आधे बिल्कुल 'खाला' की सूरत पे हैं। घर में

रहमान की दुल्हन चाहे बहन की दुर्गत बनाती हों पर कभी पंचों में इक़रार न किया। यही कहा करती थीं। "जो कुँवारी को कहेगा, उसके दीदे घुटनों के आगे आयेगा।" हाँ वर की तलाश में हरदम सूखा करती थीं, पर उस कीड़े भरे कबाब को कहाँ जुड़ता? एक आँख में यह बड़ी कौड़ी सी फूल्ली थी, पैर भी एक ज़रा छोटा था कूल्हा दबाकर चलती।

सारे मोहल्ले से एक अजीब तरह का बाईकाट हो चुका था। लोग रहमान भाई से काम पड़ता तो धौंस जमाकर कह देते मोहल्ले में रहने की इजाज़त दे रखी थी यही क्या कम इनायत थी। रहमान भाई इसी को अपनी इज़्ज़त अफ़ज़ाई समझते थे।

यही कारण था कि वह सदैव रहमान भाई की खिड़की में बैठकर लम्बी से लम्बी गालियाँ दिया कर रही थीं। क्यूँकि बाक़ी मोहल्ले के लोग अब्बा से दबते थे, मजिस्ट्रेट से कौन दुश्मनी मोल ले।

उस दिन पहली बार मुझे मालूम हुआ कि इकलौती सगी फूफी बादशाही खानम हैं और यह लम्बी-लम्बी गालियाँ हमारे खानदान को दी जा रही थीं।

अम्मा का चेहरा पीला था और वह अन्दर कमरे में सहमी बैठी थीं, जैसे बिच्छू फूफी की आवाज़ उन पर बिजली बनकर टूट पड़ेगी। छठे-छमाहे इसी तरह बादशाही खानम रहमान भाई की खिड़की में बैठकर हुंकारतीं, अब्बा मियाँ उनसे ज़रा सी आड़ लेकर मज़े से आरामकुर्सी पर लेटकर अखबार पढ़ते रहते और मौक़ा देखकर किसी लड़के-बाले के द्वारा कोई ऐसी बात जवाब में कह देते कि

फूफी बादशाही फिर शताब्यॉं छोड़ने लगतीं। हम लोग सब खेलकूद, पढ़ना-लिखना छोड़कर सहन में गुच्छा बनाकर खड़े हो जाते और अपनी प्यारी फूफी के कोसने सुना करते जिस खिड़की में वह बैठती थीं वह उनके लम्बे-भारी जिस्म से भरी हुई थी। अब्बा मियाँ से इतनी शक्ल मिलती थी जैसे वही मूँछें उतारकर दुपट्टा ओढ़कर बैठ गये हों और बावजूद कोसने और गालियाँ सुनने के हम लोग बड़े इत्मीनान से उन्हें तका करते थे।

साढ़े पाँच फुट का क़द, चार उँगल चौड़ी कलाई, शेर का सा कल्ला, सफेद बगुला बाल, बड़ा सा दहाना, बड़े दाँत, भारी सी ठोड़ी और आवाज़ तो माशाअल्लाह अब्बा मियाँ से एक सर नीची ही होगी।

फूफी बादशाही हमेशा सफेद कपड़े पहना करती थीं, जिस दिन फूफा माबूद अली ने मेहतरानी के संग कुलीलें करनी शुरू कीं फूफी ने बट्टे से सारी चूड़ियाँ छनाछन तोड़ डालीं रंगा दुपट्टा उतार दिया और उस दिन से वह उन्हें 'मरहूम' या 'मरने वाला' कहा करती थीं। मेहतरानी को छूने के बाद उन्होंने वह हाथ-पैर अपने जिस्म को न लगने दिये।

यह घटना जवानी में हुई थी और वह तब से 'रंडापा' झेल रही थीं। हमारे फूफा हमारी अम्मा के चचा भी थे। वैसे तो न जाने क्या घपला था। मेरे अब्बा मेरी अम्मा के चचा लगते थे और शादी से पहले जब-जब वह छोटी-सी थीं तो मेरे अब्बा को देखकर उनका पेशाब निकल जाता था और जब उन्हें यह मालूम हुआ कि उनकी मंगनी उसी भयानक देव से होने वाली है तो उन्होंने अपनी दादी यानी

अब्बा की फूफी की पिटारी से अफीम चुरा खा ली थी। अफीम अधिक नहीं थी और वह कुछ दिन लोट-पोट कर अच्छी हो गयीं। उन दिनों अब्बा अलीगढ़ कॉलेज में पढ़ते थे। उनकी बीमारी की खबर सुनकर इम्तिहान छोड़कर भागे। बड़ी मुश्किल से हमारे नाना जो अब्बा के फूफीज़ाद भाई भी थे और बुजुर्ग दोस्त भी, उन्होंने समझा-बुझाकर वापस इम्तिहान देने भेजा था, जितनी देर वह रहे भूखे-प्यासे टहलते रहे, अधखुली आँखों से मेरी माँ ने उनका चौड़ा चकला साया पर्दे के पीछे बेक़रारी से तड़पते देखा।

"उमराओ भाई! अगर उन्हें कुछ हो गया... तो..." देव की आवाज़ काँप रही थी, नाना मियाँ खूब हँसे।

"नहीं बिरादर, विश्वास करो कुछ न होगा।"

उस समय मेरी मुन्नी-सी मासूम माँ एकदम औरत बन गयी थी। उसके दिल से एकदम देवज़ाद इन्सान का डर निकल गया था, जभी तो मेरी फूफी बादशाही कहती थीं, मेरी अम्मा जादूगरनी है और उसका तो मेरे भाई से शादी से पहले सम्बन्ध होकर पेट गिरा था। मेरी अम्मा अपने जवान बच्चों के सामने जब यह गालियाँ सुनती तो ऐसी बिसूर-बिसूर कर रोतीं कि हम उनकी मार भूल जाते और प्यार आने लगता। मगर यह गालियाँ सुनकर अब्बा की गम्भीर आँखों में परियाँ नाचने लगतीं। वह बड़े प्यार से नन्हे भाई के द्वारा कहलवाते।

"क्यूँ फूफी, आज क्या खाया है?"

"तेरी माँ का कलेजा" इस बेतुके जवाब से फूफी जल जातीं, अब्बा फिर जवाब दिलवाते।

‘‘अरे फूफी, जब ही मुँह में बवासीर हो गयी है, जुलाब लो जुलाब!’’

वह मेरे नौजवान भाई की लाश पर कौवों को दावत देने लगतीं। उनकी दुल्हन को न जाने बेचारी उस वक्त कहाँ बैठी अपनी खयाली दूल्हा के इश्क में काँप रही होगी, रंड़ापा की दुआएँ देतीं और मेरी अम्मा कानों में उँगलियाँ देकर बुदबुदातीं। ‘‘जल तू जलाल तू।’’ ‘‘आयी बला को टाल तू।’’

फिर अब्बा उकसाते और नन्हे भाई पूछते।

‘‘फूफी बादशाही, मेहतरानी फूफी का मिजाज़ तो अच्छा है? और हमें डर लगता कि कहीं फूफी खिड़की में से फाँद न पड़ें।

‘‘अरे जा सँपोलिए, मेरे मुँह न लग, नहीं तो जूती से मुँह मसल दूँगी। यह सब बूढ़ा अन्दर बैठा क्या लौंडों को सिखा रहा है, मुग़ल बच्चा है तो सामने आकर बात करे।’’

‘‘रहमान भाई, ऐ रहमान भाई, इस बौराई कुतिया को संखिया क्यूँ नहीं खिलाते।’’ अब्बा के सिखाने पर नन्हे भाई डरते हुए बोलते हालाँकि उन्हें डरने की कोई ज़रूरत तो न थी। क्यूँकि सब जानते थे कि आवाज़ उनकी है मगर अल्फाज़ अब्बा मियाँ के हैं। इसलिए पाप नन्हे भाई की जान पर नहीं मगर फिर भी बिलकुल अब्बा की शकल की फूफी की शान में कुछ कहते हुए उन्हें पसीने आ जाते थे।

कितना ज़मीन और आसमान का फर्क़ था हमारे ददिहाल और ननिहाल वालों में। नन्हीयाल हकीमों की गली में थी और दधियाल गाड़ीबानों के कटडे में ननिहाल वाले सलीम चिश्ती के खानदान से थे जिन्हें मुग़ल बादशाह ने

अपने पीर का दरजा देकर निजात का रास्ता पहचाना। हिन्दुस्तान में इसे बसे बहुत समय गुज़र चुका था। यादें धुँधला चुकी थीं, मिजाज़ दण्डे हो गये थे।

ददिहाल वाले बाहर से सबसे आखिरी खेप में आने वालों में से थे। दिमाग़ी तौर पर अभी तक घोड़ों पर सवार मंज़िलें मार रहे थे। खून में लावा दहक रहा था। खड़े-खड़े तलवार जैसे चित्र, लाल फिरंगियों जैसे मुँह, गोरिलों जैसा क़द, शेरों जैसी गर्जदार आवाज़ें, शहतीर जैसे हाथ-पाँव।

और ननिहाल वाले, नाज़ुक हाथ-पैरों वाले, शायराना मिजाज़ के धीमी आवाज़ में बोलने-चालने वाले। अधिकतर हकीम, आलिम और मोलवी थे। जभी मोहल्ले का नाम हकीमों वाली गली पड़ गया था। कुछ कारोबार में भी हिस्सा लेने लगे थे। मेरे ददिहाल वाले ऐसे लोगों को कुंजड़े, कसाई ही कहा करते थे। क्यूँकि वह खुद अधिकतर फौज में थे। वैसे मार-धाड़ का शौक़ अभी तक नहीं हुआ था। कुश्ती-पहलवानी, तैराकी में नाम पैदा करना, पंजा लड़ाना, तलवार और पटे(लाठी) के हाथ दिखाना और जो सर पचीसी को जो मेरे ननिहाल के सबसे पसन्दीदा खेल थे।

कहते हैं जब आतिशफशँ पहाड फटता है तो लावा वादी की गोद में उतर आता है। शायद यही कारण था कि मेरे ददिहाल वाले ननिहाल वालों की तरफ अपने आप खिंचकर आ गये। यह मेल कब और किसने शुरू किया। सब वंशावली में लिखा है मगर मुझे ठीक से याद नहीं। मेरे दादा हिन्दुस्तान में पैदा नहीं हुए थे। दादियाँ भी इसी खानदान से सम्बन्ध रखती थीं मगर एक छोटी सी बहन

बिन-ब्याही थी न जाने क्यूँ वह शेखों में ब्याह दी गयी। शायद मेरी अम्मा के दादा ने मेरे दादा पर कोई जादू कर दिया था कि उन्होंने अपनी बहन फूफी के कहे अनुसार बादशाही कुंजड़ों-कसाइयों में दे दी। अपने 'मरहूम' शौहर को गालियाँ देते समय वह हमेशा अपने बाप की कब्र में चैन न मिलने की बददुआएँ दिया करतीं। जिन्होंने चुगताई खानदान की मिट्‌टी-पलीद कर दी।

मेरी फूफी के तीन भाई थे मेरे ताया। मेरे अब्बा मियाँ और मेरे चचा, बड़े दो उनसे बड़े थे और चचा सबसे छोटे थे। तीन भाइयों की एक लाडली बहन हमेशा की नखरीली और तुनक मिजाज़ थीं। वह हमेशा तीनों पर रौब जमातीं और लाड करवातीं बिलकुल लौंडों की तरह पलीं। घुड़सवारी, तीरअंदाज़ी और तलवार चलाने का भी अभ्यास था। वैसे तो फेल-फालकर ढेर मालूम होती थीं। मगर पहलवानों की तरह सीना तानकर चलती थीं। सीना था भी चार औरतों जितना।

अब्बा मज़ाक़ में अम्मा को छेड़ा करते।

"बेगम, बादशाह से कुश्ती लड़ोगी?"

"उई तौबा मेरी।" आलिम-फाज़िल बाप की बेटी, मेरी अम्मा कान पर हाथ धरकर कहतीं मगर वह नन्हे भाई से फौरन फूफी को चैलेंज भिजवाते।

"फूफी। हमारी अम्मा से कुश्ती लड़ोगी?"

"हाँ-हाँ, बुला अपनी अम्मा को। आ जाये उल्लू न बना दूँ तो मिर्ज़ा करीम बेग की औलाद नहीं। बुला, बुला मुलाज़ादी को..." और मेरी अम्मा अपना लखनऊ का बड़े

पोयचों का पाजामा समेटकर कोने में दुबक जातीं।

“फूफी बादशाही, दादा मियाँ गँवार थे न?” बड़े नानाजान उन्हें 'आमद नामा' पढ़ाया करते थे। हमारे परनाना के दादाजान ने कभी दादा मियाँ को कुछ पढ़ा दिया होगा। अब्बा मियाँ छेडने को बात तोड़-मोड़ कर कहलवाते।

“अरे वह इस्तन्जे का ढेला क्या मेरे बाबा को पढ़ाता। मजावर(मज़ार का खादिम) कहीं का। हमारे टुकड़ों पर पलता था।” यह सलीम चिश्ती और अकबर बादशाह के रिश्ते से हिसाब लगाया जाता। हम लोग यानी चुग़ताई अकबर बादशाह के खानदान से थे। जिन्होंने मेरे ननिहाल के सलीम चिश्ती को पीर कहा था मगर फूफी कहतीं “खाक पीर की दुम! मजावर थे।”

तीन भाई थे। मगर तीनों से लड़ाई हो चुकी थी और वह गुस्सा होतीं तो तीनों की धज्जियाँ बिखेर देतीं बड़े भाई अल्लाह वाले थे, उन्हें फकीर और भिख-मंगा कहतीं।” हमारे अब्बा सरकारी सर्विस में थे, उन्हें ग़द्दार और अंग्रेज़ों के ग़ुलाम कहतीं, क्यूँकि मुग़लशाही अंग्रेज़ों ने खतम कर डाली वरना आज 'मरहूम' पतली दाल खाने वाले यानी मेरे फूफा के बजाये वह लाल क़िले में ज़ेबुन्निसा की तरह अर्क गुलाब में नहाकर किसी मुल्क के शहंशाह की मलिका बनी बैठी होतीं। तीसरे यानी चचा बड़े दस नम्बर के बदमाशों में से थे और सिपाही डरता-डरता मजिस्ट्रेट भाई के घर उनकी हाज़री लेने आया करता था। उन्होंने कई कत्ल किये थे, डाके डाले थे शराब और रंडीबाज़ी में अपनी मिसाल आप थे वह डाकू कहा करती थीं जो उनके कैरियर को

देखते हुए बिलकुल फुसफुसा था।

मगर जब वह अपने मरहूम पति से गुस्सा होतीं तो कहा करतीं। मुँह जले। निगोड़ी नाहटी नहीं हूँ। तीन भाइयों की इकलौती बहन हूँ। उनको खबर हो गयी। तू दुनिया का न रहेगा और कुछ नहीं। अगर छोटा सुन ले तो पलभर में अँतड़ियाँ निकाल के हाथ में थमा दे, डाकू है डाकू। उससे बच गया तो मंझला मजिस्ट्रेट तुझे जेल में सड़ा देगा। सारी उम्र चक्कियाँ पिसवायेगा और उससे भी बच गया तो बड़ा जो अल्लाह वाला है तेरी आक़िबत खाक में मिला देगा। देख मुग़ल बच्ची हूँ तेरी अम्मा की तरह शेखानी-फतानी नहीं मगर मेरे फूफा अच्छी तरह जानते थे कि तीनों भाई उन ही पर रहम खाते हैं। और वह बैठे मुस्कुराते रहते हैं वही मीठी-मीठी ज़हरीली मुस्कुराहट जिसके द्वारा मेरे ननिहाल वाले ददिहाल वालों को बरसों से जला रहे हैं।

हर ईद, बक़रीइद को मेरे अब्बा मियाँ बेटों को लेकर ईदगाह से सीधे फूफी अम्मा के यहाँ कोसने और गालियाँ सुनने जाया करते, वह तुरन्त पर्दा कर लेतीं और कोठरी में से मेरी जादूगरनी माँ और डाकू को कोसने लगतीं। नौकर को बुलाकर सेवइ भिजवातीं मगर यह कहतीं पड़ोसन ने भेजी हैं।

उनमें ज़हर तो नहीं मिला हुआ है? अब्बा छेड़ने को कहते। और फिर सारी ननिहाल के चीथड़े बिखेरे जाते। सिवइयाँ खाकर अब्बा ईदी देते जो वह तुरन्त ज़मीन पर फेंक देतीं ''अपने सालों को दो। वही तुम्हारी रोटियों पर पले हैं।'' और अब्बा चुपचाप चले आते और वह जानते थे

कि फूफी बादशाही वह रुपये घण्टों आँखों से लगाकर रोती रहेंगी। भतीजों को वह आड़ में बुलाकर ईदी देतीं।

"हरामज़ादा, अगर अम्मा अब्बा को बतलाया तो बोटियाँ काट कर कुत्तों को खिला दूँगी। अम्मा अब्बा को मालूम था कि लड़कों को कितनी ईदी मिली। अगर किसी ईद पर किसी कारण अब्बा मियाँ न जा पाते तो पैग़ाम पर पैग़ाम आते। नुसरत खानम बेवा हो गयीं, चलो अच्छा हुआ। मेरा कलेजा ठण्डा हुआ। बुरे-बुरे पैग़ाम शाम तक आते ही रहते और फिर वह खुद रहमान भाई के कोठे पर गालियाँ बरसाने आ जातीं।

एक दिन ईद की सिवइयाँ खाते-खाते कुछ गरमी से जी घबराने लगा। अब्बा मियाँ को उलटी हो गयी।

"लो बादशाही खानम, कहा-सुना माफ करना हम तो चले।" अब्बा मियाँ ने कराह कर आवाज़ बनायी और फूफी लशतम-पशतम पर्दा फेंक छाती पीटती निकल आयीं। अब्बा को शरारत से हँसता देख उलटे पाँव कोसती लौट गयीं।

"तुम आ गयीं बादशाही से तो मौत भी घबराकर भाग गयी वरना हम तो आज खत्म ही हो जाते।" अब्बा ने कहा न पूछिए फूफी ने कितने भारी कोसने दिये। उन्हें खतरे से बाहर देखकर बोलीं।

अल्लाह ने चाहा बिजली गिरेगी। नाली में गिरकर दम तोड़ो। कोई मैयत को काँधा देने वाला न बचेगा।" और अब्बा चिड़ाने को उन्हें दो रुपये भिजवा देते।

"भई हमारी खानदानी डूमनियाँ गालियाँ दे दें तो उन्हें

बेल तो मिलना ही चाहिए'' और फूफी बौखलाहट में कह जातीं।

''बेल दे अपनी माँ-बहनियाँ को।'' और फिर तुरन्त अपना मुँह पीटने लगतीं। खुद ही कहतीं। ''ऐ बादशाही बन्दी, तेरे मुँह को कालिख लगे। अपनी मैयत आप पीट रही है।'' फूफी को असल में भाई से ही बैर था बस उनके नाम पर आग लग जाती, वैसे कहीं अब्बा के बग़ैर अम्मा नज़र आ जातीं तो गले लगाकर प्यार करतीं। प्यार से 'नच्छू-नच्छू' कहतीं। बच्चे तो अच्छे हैं वह बिलकुल भूल जातीं कि यह बच्चे उसी बदज़ात भाई के हैं जिसे वह हमेशा कोसती रहेंगी।

अम्मा उनकी भतीजी भी तो थीं। भई किस क़दर घपला था मेरी ददिहाल ननिहाल में। एक रिश्ते से मैं अपनी अम्मा की बहन भी लगती थी। इस तरह मेरे अब्बा मेरे दूल्हा भाई भी होते थे। मेरी ददिहाल को ननिहाल वालों ने क्या-क्या ग़म न दिये। ग़ज़ब तो जब हुआ जब मेरी फूफी की बेटी मुसर्रत खानम ज़फर माँमू को दिल दे बैठीं।

हुआ यह कि मेरी अम्मा को दादी यानी अब्बा की फूफी जब मरने को हुईं तो दोनों तरफ के लोग उनकी सेवा को पहुँचे। मेरे माँमू भी अपनी दादी को देखने गये। और मुसर्रत खानम भी अपनी अम्मा के साथ उनकी फूफी को देखने आयीं।

बादशाही फूफी को कुछ डर तो था नहीं। वह जानती थीं कि मेरे ननिहाल वालों की तरफ से उन्होंने अपनी औलादों के दिल में इत्मीनान बख़्श हद तक नफरत भर दी

है और पन्द्रह साल की मुसर्रत खानम की अभी उम्र ही क्या थी। अम्मा के कूल्हे से लगकर सोती थीं।

दूध पीती ही तो उन्हें लगती थीं।

फिर जब मेरे माँमू ने अपनी करंजी शरबत भरी आँखों से मुसर्रत जहाँ के लचकदार सरापे को देखा तो वहीं जमकर रह गयीं।

दिनभर बड़े बूढ़े बीमार की सेवा करके थक-हार कर सो जाते तो यह फ़रमाबरदार बच्चे सिरहाने बैठे मरीज़ा पर कम, एक दूसरे पर अधिक निगाह रखते। जब मुसर्रत जहाँ बर्फ में तर कपड़ा बड़ी बी के माथे पर बदलने को हाथ बढ़ातीं तो ज़फर माँमू का हाथ वहाँ पहले से मौजूद होता।

दूसरे दिन बड़ी बी ने पट से आँखें खोल दीं। काँपती तकिये के सहारे उठ बैठीं, उठते ही सारे खानदान के जिम्मेदार लोगों को तलब किया। जब सब जमा हो गये तो हुक्म हुआ। काज़ी बुलवाओ।

लोग परेशान कि बुढ़िया क़ाज़ी को क्यूँ बुला रही है क्या आखिर वक्त सुहाग रचायेगी, किसी को पूछने की हिम्मत न थी।

"दोनों का निकाह पढ़ाओ" लोग चकराये किन दोनों का। मगर इधर मुसर्रत जहाँ पट से बेहोश होकर गिरीं। उधर ज़फर माँमू बौखलाकर बाहर चले। चोर पकड़े गये। निकाह हो गया, बादशाही फूफी सन्नाटे में रह गयीं।

यह कोई खतरनाक बात न हुई थी। दोनों ने केवल हाथ पकड़े थे मगर बड़ी-बी के लिए बस यही हद थी।

और फिर जो बादशाही फूफी को दौरा पड़ा है तो बस

घोड़े और तलवार के बग़ैर उन्होंने कुश्तों के पुश्ते लगा दिये। खड़े-खड़े बेटी-दामाद को निकाल दिया। मजबूरन अब्बा मियाँ दूल्हा-दुल्हन को अपने घर ले आये। अम्मा तो चाँद सी भाभी को देखकर निहाल हो गयीं। बड़ी धूम धाम से वलीमा किया।

बादशाही फूफी ने उस दिन से फूफी का मुँह नहीं देखा। भाई से पर्दा कर लिया। मियाँ से पहले ही लड़ाई थी। दुनिया से मुँह फेर लिया और एक ज़हर था कि उनके दिल और दिमाग़ पर बढ़ता ही गया। जिन्दगी साँप के फन की तरह डसने लगी।

"बुढ़िया ने पोते के लिए मेरी बच्ची को फँसाने के लिए ढोंग किया था।"

वह बराबर यही कहे जातीं, क्यूँकि वह इसके बाद बीस साल तक और जीती रहीं, कौन जाने ठीक ही कहती हों फूफी।

मरते दम तक बहन-भाई में मिलाप न हुआ। जब अब्बा मियाँ पर फालिज का चौथा हमला हुआ और बिलकुल ही वक़्त आ गया तो उन्होंने फूफी बादशाही को कहला भेजा।

"बादशाही खानम हमारा आखिरी वक्त है दिल का अरमान पूरा करना हो तो आ जाओ। न जाने इस पैग़ाम में क्या तीर छुपे थे, भैया ने फेंके और बहिनिया के दिल में उतर गये। बिलबिलाती छाती पीटती, सफेद पहाड़ की तरह भूचाल लाती हुई बादशाही खानम उस ड्योढ़ी पर उतरीं जहाँ अब तक उन्होंने क़दम नहीं रखा था।

"लो बादशाही तुम्हारी दुआ पूरी हो रही है।" अब्बा मियाँ तकलीफ में भी मुस्कुरा रहे थे, उनकी आँखें अब भी जवान थीं।

फूफी बादशाही बावजूद बालों के वही मुन्नी सी बिच्छू लग रही थीं। जो बचपन में भाइयों से मचल-मचल कर बात मनवा लिया करती थीं। उनकी शेर जैसी खुर्राट आँखें एक मेमने की मासूम आँखों की तरह सहमी हुई थीं। बड़े-बड़े आँसू उनकी संगमरमर की चट्टान जैसे गालों पर बह रहे थे।

"हमें कोसो बिच्छू बी।" अब्बा ने प्यार से कहा। मेरी अम्मा ने सिसकते हुए बादशाही खानम से कोसने की भीख माँगी।

"या अल्लाह... या अल्लाह... उन्होंने गरजना चाहा। मगर काँप कर रह गयीं "या... या अल्लाह... मेरी उम्र मेरे भैया को देदे... या मौला... अपने रसूल का सदक़ा..." वह उस बच्चे की तरह झुँझलाकर रो पड़ीं जिसे सबक़ याद न हो।

सब के मुँह सफेद हो गये। अम्मा के पैरों का दम निकल गया। या खुदा आज बिच्छू फूफी के मुँह से भाई के लिए एक कोसना न निकला।

केवल अब्बा मियाँ मुस्कुरा रहे थे जैसे उनके कोसने सुनकर मुस्कुरा दिया करते थे।

सच है बहन के कोसने भाई को नहीं लगते। वह माँ के दूध में डूबे हुए होते हैं।

बड़ी शर्म की बात है

रात के सन्नाटे में फ्लैट की घण्टी ज़ख्मी बिलाऊ की तरह गुर्रा रही थी। लड़कियाँ आखिरी शो देखकर कभी की अपने कमरों में बन्द सो रही थीं, आपा छुट्टी पर गयी थी ओढ़नी पर किसी की उँगली बेरहमी से जमी हुई थी, मैंने लश्तम-पश्तम जाकर दरवाज़ा खोला।

ढोंडी के छोकरे का हाथ था, दूसरे हाथ से छोकरी को कलेजे से लगाये झुकी-झुकी घुसी और भाग कर नौकरों वाले गुसलखाने में छिप गयी। दूर सड़क से इसी रोड की तरफ लपका चला आ रहा था। मैंने बालकनी से देखा औरतें-बच्चे नशे में धुत होकर, विभिन्न बोलियों में न जाने किसे ललकारते चले आ रहे थे।

चौकीदार शायद ऊँघ गया तभी ढोंडी उसकी आँखों में धूल झोंककर घुस पड़ी। वह उसके पीछे लपकने के बजाय फाटक में ताले जड़ने दौड़ा और जब भीड़ कम्पाउण्ड की दीवार पर चढ़कर फाँदने लगी तो उसने लपककर लोहे का अन्दरूनी दरवाज़ा बन्द कर लिया और सलाखों में हमला करने वालों को डण्डे से धमकाने लगा।

इधर से सुरक्षित पाकर मैंने जल्दी-जल्दी बिजलियाँ जलायीं। गुसलखाने से मिला हुआ जो कूड़े-कबाड़ का छोटा सा भाग है उसमें ढोंडी मैले कपड़ों की टोकरी से चिपकी

थर-थर काँप रही थी। उससे बहुत पूछा कि क्या बात है मगर उसकी आँखें फटी थीं। बच्चों की जोड़ी उस पर सवार थी। बच्ची फटी हुई चोली से फायदा उठा रही थी और अपनी हमेशा की भूख मिटाने में व्यस्त थी। छोकरा हमेशा की तरह नाक सुड़क रहा था और पेशाब से तर टाँगें खुजा रहा था। ड्राइवरी करता था, नाम से तो लगता है ढोंडी कोई भारी शरीर वाली मर्दमार किस्म की होगी मगर ढोंडी का क़द मुश्किल से चार फुट होगा। बदसूरत-सी आँखें, आगे को खिसका हुआ निचला जबड़ा और धँसा हुआ माथा था। कुछ महीनों से पहले ही एक लौंडिया जनी थी तो राव ने दारू पीकर उसकी हड्डी-पसली नरम कर दी थी। डेढ़ महीने की सूखी मरी बच्ची न जाने रात को कब मर गयी और ढोंडी बहुत रोयी।

बाई-लोग का कहना था कि ढोंडी ने टोपा देकर बच्ची की छुट्टी कर दी। यानी रात को चुपके से गला दबा दिया। मगर ऐसी बात होती तो फिर इतना गम करने की क्या ज़रूरत थी।

ढोंडी का मर्द एक मवाली था बहुत दारू पीता मगर ढोंडी कहती थी रात की दर्दी करता है, सेठ सारी-सारी रात छोकरियों के संग ठट्ठा करता है, वह मोटर में बैठे-बैठे ऊब जाता तो तवा मार लेता है। बम्बई की शायद कोई बिल्डिंग हो जिसके अहाते के किसी कोने में अँधेरी गैरेज में या नौकरों की कोठरी में यहाँ तक कि गन्दे सन्डासों में दारू नहीं खींची जाती और फिर उधर वर्ली के सुनसान इलाके में डाण्डा की तरफ जाने वाली सड़क पे झोंपड़-पट्टी में तो

बाक़ायदा ठर्रे की बार जमी हुई हैं। मक्खन में तली हुई क्या आला किस्म की मछली खाना हो तो डाण्डा से बेहतर क़ोई जगह नहीं। वहाँ छोटी सी चोली और लँगोटी पहने मछेरनों का अक्खे बम्बई में जवाब नहीं। इधर जो नये फ्लैट बन रहे थे उनमें सेठ-लोग अपनी रखैल रखते हैं। सेठानियों की जासूसी कार्यवाहियों से सुरक्षित यह सेठ-लोग जो फिल्म का धन्धा करते हैं यानी डिस्ट्रीब्यूटर और प्रोड्यूसर के बीच के कुण्डे जो फिल्म के अलावा छोकरी से लेकर हिट फिल्में तक का लेन-देन पटाते हैं।

सेठलोग जब ऊपर चले जाते हैं तो नीचे उतरने का वक्त नहीं होता। नीचे ड्राइवर जुआ और शराब का दौर चलाते हैं। वहीं से राव को शराब की आदत ने पकड़ लिया फिर यह आदत इतनी बढ़ी कि ढोंडी की सौत बन बैठी।

बच्ची के मरने के कुछ महीने बाद ढोंडी का पैर फिर से भारी हो गया। अब के राव ने अल्टीमेटम दे दिया कि अगर फिर छोकरी डाली तो वह उसका पत्ता काट के दूसरी बहू करेगा।

लेकिन छोकरी पैदा होने से पहले ही एक दिन राव ने बच्चों को स्कूल से लाते समय गाड़ी फुटपाथ पर चढ़ा दी। बच्चों के चोट तो नहीं लगी मगर हाय-तोबा इतनी मची कि सेठ ने उसे खड़े-खड़े निकाल दिया।

एक दिन क्या देखती हूँ ढोंडी एक छिपकली की शकल की छोकरी छाती से चिपकाये फुटपाथ पर बैठने वाली तरकारी वाली के पास जमी हुई थी, उजाड़-सूरत।

''अरे ढोंडी कैसी है री।'' मैंने पूछ लिया।

"ठीक है बाई" वह उठकर मेरे साथ-साथ चलने लगी।

"राव कैसा है?"

"ओ तो गया बी।"

"किधर गया?"

"समुन्द्र पार दुबई को।"

"तो कमबख़्त बच्ची की वजह से तुझे छोड़ गया।"

"नईं बाई, छोकरी तो बाद में आयी। वह तो पैसा कमाने को गया।"

"तब तो ठाठ होंगे तेरे। बहुत रुपये भेजता होगा तुझे।"

"नईं बाई, उसे अपनी आई को भेजता।"

"उसकी माँ यानी तेरी सास को?" मराठी में आई माँ को कहते हैं।

"नईं, वह बच्ची जो उसे उधर भिजवाया।" ढोंडी साहिबा व्यंग कर रही थीं।

"उधर डाण्डा में दोनों का लफड़ा चलता था, जाने से पहले राव ने ब्याह किया उसने और..."

"मगर वह दूसरी शादी तुझे तलाक दिये बिना कैसे कर सकता है, हथकड़ियाँ पड़ जायेंगी सूअर को।"

"कौन डालता हथकड़ी बाई।"

"अरे दस-बारह साल हुए क़ानून पास हुआ कि एक से अधिक बीवी की आज्ञा नहीं। तलाक बगैर दूसरी शादी जुर्म है।"

"काए-कू?" अखा गुजराती, मराठी, सिन्धी और भय्या

लोग कितना शादी बनाता।''

''सब पर केस चल सकता है।''

''ढोंडी बिलकुल मानने को तैयार न थी और न मेरे पास वक्त था कि उसे कानून समझातीफिरूँ। खुद मेरे जान-पहचान के सम्मानित लोगों के पास एक बीवी के अलावा और कई औरतें हैं, सुना है पण्डित से फेरे डलवा लो कोई नहीं पकड़ सकता, जी को तसल्ली भी हो जाती है कि मामला हलाल है।

''बाई मेरे को काम देव।'' ढोंडी पीछे पड़ गयी। मेरी पुरानी झाड़ू लगाने वाली बाई ढोंडी को मेरे साथ देखते ही दोलत्तियाँ झाड़ने लगी। और दोनों में फर्राटे की मराठी में जंग शुरू हो गयी। मैं इतने साल से बम्बई में रहती हूँ कोई धीरे-धीरे बोले तो मराठी, गुजराती, सिन्धी, बंगाली खासी पल्ले पड़ जाती है मगर जब उन्हीं भाषाओं में तू-तू मैं-मैं शुरू हो जाती है तो मेरे खाक समझ में नहीं आती। हर शब्द गाली बनकर कान के पर्दे फाड़ने लगा है जैसे बिना टायर की गाड़ी खड़ंजे पर दौड़ रही हो।

मैंने दोनों को डाँटकर अलग किया। बालिश्त भर की ढोंडी छोकरी को सीढ़ी पर टिका कर लाँग कस रही थी और ढाई मन की धोबन कसमा-बाई चावलों की बोरी दीवार से टिका कर खम ठोंका चाहती थी। बड़ी मुश्किल से दोनों को ठण्डा किया और ढोंडी को समझाया कि कसमाबाई की शान में कुछ भी कहा तो अच्छा न होगा वह तीन बरस से मेरे यहाँ लगी है।

बरसात शुरू होते ही बम्बई में बाई-लोग का भाव

गिरने लगता है, सुहाने जाड़ों और गरमी में आँख लगाने को बाई नहीं मिलती। तब न बिना लाइसेंस की झाबड़ी लगायी जा सकती है न कीचड़-पानी में लिथड़े हुए बाग़-बग़ीचे, सुनसान कोने, खारे समुद्र के किनारे ऊँचे-नीचे चट्टान किसी भी सुहावने धन्धे के लिए काम नहीं आ सकते। फ्लैटों में मुस्तकिल वाले नौकर जमे होते हैं, हाँ उन दिनों बावर्ची लोग के ऐश होते हैं और जब तक मालिक-मकान सो जाते हैं। तो बावर्ची किचन में अन्दर बने मज़े उड़ाते हैं। बचा-खुचा खाना बड़ी दरियादिली से अपनी प्रेमिकाओं को निगला देते हैं। कभी चार-पाँच लफंगे जमा होकर जुआ-शराब से शौक फरमाते हैं और अगर गरमी में एयरकण्डीशन कमरों में साहब लोग बन्द हों तो ड्राइंगरूम में भी बिस्तर लग जाते हैं जो सुबह दूध लाने के वक्त खाली करके सफायी हो जाती है।

शुक्र है बरसात के बहाव में छिपकली की सूरत की छोकरी भी अल्लाह को प्यारी हो गयी। सड़ी-गली डस्टबिन में फेंकी हुई तरकारियों के छिलकों की भाजी खाने वाली माँ का दूध पीकर मोटा-ताज़ा बच्चा भी दम तोड़ देता वह तो फिर भी छिपकली थी।

बच्ची की मौत ने जैसे ढोंडी के दिन फेर दिये कि बाई-लोग के विभिन्न धन्दे जाग उठे और नौकरों का तोड़ा पड़ गया। ढोंडी ने बिल्डिंग के छब्बीस फ्लैटों में से आठ-दस मार लिये और सुबह से शाम तक कपड़ा-बरतन, झाड़ू-कटका करके खूब कमाने लगी।

राव ने रुपया भेजकर अपनी महबूबा को प्रदेश बुला

लिया और ढोंडी ने लाल-हरी धोतियाँ खरीद कर तरकारी वाली बाई के पास बैठना शुरू कर दिया। जहाँ बुझ-बुझक्कड़ यानी बूढ़ी माँ अनाड़ी बाई-लोग को जिन्दा रहने के नुस्खे बाँटती। ढोंडी बड़े ध्यान से उसका भाषण सुनती और सर धुनती।

काम निमटाकर यह बाई-लोग शाम को नहा-धोकर सोलह सिंगार करती हैं, नुक्कड़ से पान के बीड़े खरीदकर कल्ला गरम करती हैं और ताज़ी हवा खाने मेरिन ड्राइव पर समुद्र के किनारे मुंडेर पर बैठकर बातें करती हैं और खुलकर हँसती-बोलती हैं। राहगीरों से आँखें भी लडाती हैं, वहीं पहली बार छह फुट ऊँचे रघुनाथ घाटे से ढोंडी की आँख भी लड़ गयी। राव के बाद उसे मर्द की आँख में आँख डालने की मोहलत ही न मिली थी। तीन-चार बार रघु उसके सामने से बड़े बाँकपन से तिरछी नज़र डालता गुज़रा। एक बार ठहरकर बीड़ी भी सुलगाता रहा। फिर कुछ दूर मुंडेर पर बैठ गया। दो-चार दिन में दूरी कम होती गयी और घनिष्टता बढ़ती गयी, कभी पकौड़ियाँ पेश किया तो पहले तो ढोंडी सर हिलाती रही थी, शंकर की माँ की आँख का इशारा पाकर काँपते हाथों से दो चने भी उठा लिये जो उसकी मुट्ठी में पसीजते रहे। मुँह में डालने की हिम्मत न हुई। फिर एक दिन घण्टी बजी तो दरवाजा खोलने पर छह फुट ऊँचे रघु के साथ चार फुट की ढोंडी शरमाई-लजाई खड़ी थी।

बाई हम सादी बनाया। गंगाबाई को बोला कल से वह क़ाम पर आयेगी।'' उन्होंने कुछ मराठी में दूल्हा-दुल्हन को

कुछ समझाया और खुद अन्दर गयीं।

"हमारा हिसाब करियो बाई। तीस रुपया महीना के हिसाब से 25 दिन के पचीस होते थे मैंने दस-दस के तीन नोट पकड़ा दिये। ढोंडी के मुख से फूल झड़ रहे थे। छोटे तले की लाल लौंग वाली नोगज़ी धोती और ऊदी चोली में ढोंडी का सियाह रंग फूटा निकल रहा था। बालिश्त भर की महाबदसूरत औरत में बला की सेक्स अपील थी। पतली कमर, भारी कूल्हे, पैरों में नये चाँदी के तोड़े, माथे पर अठन्नी बराबर सिन्दूर का टीका सौ-सौ बहारें दिखा रहा था। बार-बार मंगल सूत्र को छू रही थी जैसे इत्मीनान करना चाहती हो कि मामला बिलकुल ठीक है।

याद नहीं कि कई साल गुज़रे कि एक दिन चली आ रही है बी ढोंडी। पौने दो बरस के छोकरे का हाथ थामे। पूरे दिन का पेट सँभाले। मुँह पर ठीकरे टूट रहे थे। मंगलसूत्र गायब, पैरों के तोड़े उड़नछू।

"बाई कोई काम दियो।"

गंगाबाई ने अपने वजूद का ऐलान एक बार छींक से दिया और चाय की ट्रे याद दिलाने के लिए मेज़ पर झटके से पटक दी ताकि मैं उनके रिएक्शन को नोट कर लूँ।

"क्या हुआ ढोंडी? रघुनाथ का क्या हाल है?"

जवाब में उन्होंने मराठी में जवाब खड़-खड़ाया, साउण्ड-इफेक्ट से मैंने तुरन्त उनका मतलब समझ लिया मामला गम्भीर है।

जब ब्याह कर ससुराल पहुँची तो पता चला कि रघु की बीवी मैके पटकवा दी गयी थी, क्यूँकि उसकी सास से

एक मिनट नहीं बनती थी। चार चोट की मार देती थी, अब ढोंडी को भी मारती थी हलकट। इतने बरस बम्बई में रही और हलकट का अर्थ मेरे पलो नहीं पड़े। इतना तो पता चला कि हलकट का अर्थ बहुत ही खराब, बदमाश और मरखनी चालबाज़ औरत होता है।

"उसने तुझे मारा और तू पिट ली। तू भी मारती बुढ़िया को।"

"काय-की बुढ़िया बस ढोंडी से साल दो साल छोटी ही होगी, लम्बी-तड़ंगी मर्दमार औरत, फूँक मारे तो ढोंडी जैसी चुहिया उड़ जाये। यानी औरत अगर ठर्रे का पव्वा न मिले तो तूफान बर्पा कर देती है। बूढ़े की औरत तो रघु जब दस-बारह साल का था तब ही खलास हो गयी थी। उसके बाद रघु का बाप इधर-उधर मुँह मारता रहा, राज-मज़दूर का काम करता था। बम्बई में बड़े ज़ोरों से बिल्डिगें खड़ी हो रही थीं। खाक-धूल फेंफड़ों में जमती गयी, सीलन की वजह से गठिया भी हो गयी और दमा तो है ही आदम के साथ। उस वक्त तक रघु का ब्याह हो चुका था मगर कोई मुस्तकिल रोज़गार आज तक नहीं मिला। बूढ़ा गाँव गया तो किसी बहुत-सी छोकरियों के बाप ने एक उसके सर मढ़ दी।

बूढ़ा तो किसी काम का था नहीं रघु और सौतेली माँ भूरीबाई का टाँका जुड़ गया। जिस पर उसकी पत्नी ने लड़ाई की। रघु ने हलकट की मदद से उसे मारपीट कर मैके पटक दिया, क्यूँकि उस चुड़ैल ने भी छोकरी थोप दी थी।

बूढ़े को जवान बीवी और बेटे के सम्बन्ध पर कोई

एतराज़ नहीं न होता अगर उसकी खुराक पाबन्दी से मिलती रहती मगर इतना ठर्रा खरीदने के लिए जो तीनों को पूरा पड़ जाय भूरी तो उन दोनों को भी पीछे छोड़ देती और पानी की तरह दारू डकार जाती थी। दारू कम पडती तो जूतम-पैज़ार शुरू होता। रघु जब भूरी की ठुकाई करता तो बूढ़े के दिल में कलियाँ चटकने लगतीं। बूढ़े की रग-रग फोडा बन चुकी थी तब ही रक़ाबत की रग भी सड़-गल के रिस गयी होगी। उसे तो बस लगन थी और वह दारू की सबसे बड़ी मरहम मदहोशी है।

पता नहीं बूढ़े के खानदान के सदस्य अल्पसंख्यक की सूची में आते हैं कि नहीं। आधा बम्बई तो इसी क़बीले का नज़र आता है जिनका कोई हाल पूछने वाली ही नहीं। पिछली बार बडा हंगामा हुआ था, बूढ़े ने बहू और रघु के साथ जाकर वोट भी डाला था। तमाम दीवारें गाय, बैल, घोडे के चित्रों से भर गयी थीं। बड़ी मुश्किल से दो बरसातों में धुलीं। उसे बिलकुल पता नहीं था कि वह उनको वोट क्यूँ दे रहा है। उसे लारी में ले जाया गया और उसे जो बताया गया था उसी पर निशान लगा दिया गया था। नीली सियाही का निशान उसने हिदायत के मुताबिक तुरन्त अँगोछे से रगड़ दिया था, उसे गिनती नहीं आती और न याददाश्त काम करती है पर उस दिन उसने कितने ही पर्चे डिब्बों में डाले और उस दिन सबको मिलाकर पूरे अड़तालीस रुपये हाथ लगे थे तब की दिन जी भर के ठर्रा और बड़ा गोश्त उड़ाया था। पता नहीं कौन गद्दी पर बैठा कौन उतरा। पर्चियों पर बनी तस्वीरें खामोश हैं न दीवारों पर लगे

ऊँट-घोड़े की वह ज़बान जानता है जो अपनी कठिनाइयों का किसी से हल पूछे और तब भूरीबाई के दिमाग़ आसमान पर चढ़ने लगे थे। घर का खर्चा चलाने के लिए वह झोंपड़ीवाली बाई की मदद से धन्धा करने लगी थी वहीं उसकी एक फिल्म वाले से भेंट हो गयी और वह उसे भीड़ के सीन में एक्स्ट्रा बनाने के लिए ले गया। उसी दिन से भूरीबाई अपने को फिल्मस्टार समझने लगी है और धरती पर पैर नहीं टिकते।

इधर ढोंडी की कमायी की खबर दूर-दूर तक फैंल रही थी। आठ-दस घरों का काम समेटती है। हर घर पैंतीस मार लेती है, पैर में पाज़ेब भी झनकती है और सूद पर रुपया भी चलाने लगी है। तभी रघु एक ज़ान छोड़ हज़ार जान से उस पर आशिक़ हुआ। मगर ढोंडी के नसीब ही खोटे हैं हलकट ने हंगामा किया कि फिल्म वाले ने उसे हीरोइन बनाने का पक्का वादा किया है, रघु की बीवी जो मैके चली गयी थी उसका भाई नहीं भेजता कि वहाँ नयी कॉलोनी में बहुत काम है जो मज़दूर दूर के गाँव से आकर काम कर रहे हैं वह घरवाली थोड़े संग लेके आये हैं। उनकी भी तो ज़रूरतें हैं। रघु गया बहुत हाथ-पैर जोड़े मगर भाई टस से मस न हुआ। उसकी छोकरी मर गयी अच्छा हुआ अब उसकी गोद में छह महीने का लौंडा है रघु को ताव आता है कम्पाउण्ड में अब भी झगड़ा चल रहा है।

बड़ी मुश्किल से समझ में आता है कि ढोंडी पर किसी ने कातिलाना हमला नहीं किया बल्कि ढोंडी ने अपने पति की नाक चबा डाली। थूकी भी नहीं शायद निगल गयी,

पुलिस रघु को ले गयी मगर ढोंडी जुर्म करने के बाद सटक गयी।

रघु बेहोश है शायद मर रहा है या मर चुका है उसका मतलब है ढोंडी उसी इमारत के किसी फ्लैट में अण्डरग्राउण्ड हो गयी है मगर चौकी दारोगा अन्दर से ताला मारकर बैठ गया है। सुबह से पहले नहीं खोलेगा। छोकरे चौकीदार पर आवाज़ें कस रहे हैं पर वह टस से मस नहीं होता। सुबह जब पुलिस ढोंडी की तलाश में आयेगी तब दरवाज़ा खुलेगा।

मुझे ढोंडी से डर लग रहा है उसने पति की नाक चबा डाली, मैंने आज तक ऐसी बात नहीं सुनी कि किसी औरत गुस्से में पति की नाक काटी हो। हाँ मर्दों की नाक तब ज़रूर कट जाती है जब उनकी बहन या बेटी किसी के संग भाग निकलें या हराम का बच्चा जन बैठें, पर औरतज़ात पर पति की नाक सचमुच काट डालना बिलकुल नहीं सजता।

मैं बड़ी तरक्की पसन्द बनती हूँ, औरत और मर्द की बराबरी को शिद्दत से मानती हूँ ढोंडी का नाक चबा डालना बहुत वैसा लग रहा है शायद इसलिए कि दुनिया की तारीख में मेरे ज्ञान के हिसाबों में यह पहली घटना है।

"अरे साली चबाके गटक गयी, थूकी भी नहीं।" नीचे मुंडेर पर बैठा कोई कह रहा है "हमने बहुत ढूँढ़ी नहीं मिली शायद किसी चपल में चिपकी चली गयी।"

और ढोंडी किसी बात का जवाब नहीं देती। उसकी चुप का सन्नाटा मेरे कानों के पर्दे फाड़े दे रहे थे, उफ उसकी आँखें गुम हो गयी हैं उनमें किसी बला का खालीपन है,

आखिर सुबह हो गयी फाटक का ताला खुला मगर पुलिस नहीं आयी, लोग बालकनियों पर खड़े इन्तज़ार कर रहे हैं। फुटपाथ पर भी जमाव जमे हैं।

ढोंडी सहमी हुई उतरकर फुटपाथ पर सावधानी से चल रही है। बाईलोग आपस में बुदबुद कर रही हैं, उनकी आँखों में इस औरत के लिए सहमी हुई नफरत है जैसे ज़हरीली नागिन ने किसी मुकद्दस चीज़ को डस लिया हो।

ढोंडी मुजरिम-सी बनी सफाई पेश कर रही है, उसने पतिदेव की नाक नहीं काटी, नशे में धुत जब वह उस पर पिल पडा और कपड़े फाड़ने लगा तो उसने काटना चाहा तो बहुत मगर वह पति की नाक हरगिज़ नहीं काट सकती। हो सकता है वह होठ चूमने झुका हो और नाक ढोंडी के दाँतों में आ गयी हो, उस पर रघु का खून तो बरसा क्यूँकि उसके शरीर पर कोई ज़ख्म नहीं। उसके कपड़ों पर पति के खून के दाग़ धोकर भी पूरी तरह नहीं छूटे।

मगर बाई लोग उससे आँखें चुरा रही हैं उसने बड़ी बुरी बात की। पति भगवान समान होता है, खुदाये मजाज़ी होता है। अक्सर औरतों ने अपनी प्रेमियों का गुस्से की हालत में खून कर दिया है। सीने में खंजर उतार दिया है। ढोंडी भी अगर रघुनाथ का नरखरा चबा डालती, उसकी आँखें फोड़ देती तो भी कुछ न जाता। मगर मर्द की नाक उफ् वह चाहे चाक़ू से काटी जाये या दाँतों से बड़ी घिनावनी हरकत है जो हरगिज़ काबिल माफी नहीं।

दिन ढला दोपहर हुई और समुद्र पर डूबते हुए सूरज ने आग सी लगा दी फिज़ा में नहूसत-सी थी, ढोंडी दीवार

से टेक लगाये बैठी है और न किसी फ्लैट से उसकी पुकार आयी न जाने क्यूँ सब यही चाहते थे कि रघु मर जाये और ढोंडी को फाँसी हो जाय कि किस्सा खत्म हो।

कोई पाँच-साढ़ेपाँच का समय होगा कि चर्चगेट स्टेशन की ओर से लौंडों की भीड़ में घिरा लम्बा बाँस जैसा रघुनाथ घाटे आता दिखायी दिया। लौंडे उचक-उचक कर उसकी नाक देख रहे थे।

रघु की नाक पर टाँकों तक का निशान नहीं था। कमाल हो गया, ज़रूर ढोलकिया ने केस हैण्डिल किया होगा। भई कमाल है न फाया न पट्टी, यहाँ तक कि खरोंच तक नहीं। लोग गुमसुम उसकी नाक को तक रहे हैं और रघु सबकी ओर शकभरी नज़रों से देखता लपका चला आ रहा है।

''कौन बोला नाक काटा।'' रघु बिगड़ खड़ा हुआ, ''जब जास्ती पीता तो नाक से खून आता। फिर इस हलकट ने हमको टक्कर मारा तभी हम बेहोश हो गया।''

एकदम ढोंडी चिंघाड़कर रोने लगी और सरपट मराठी में न जाने क्या कह रही थी।

बालकनियों में से साहब लोग झुक-झुक कर न जाने क्या कह रहे थे, सब एकदम बोल रहे थे और किसी को दूसरे की बात समझने की फुर्सत न थी और कुछ समझने की बात भी न थी। सब ही कुछ बौखलाए हुए थे। रघु जल्दी-जल्दी ढोंडी का गूदड़ समेट रहा था। उन लोगों के जाने के बाद भीड़ कुछ मायूस-सी होकर बिखर गयी। इतने धाँसू ड्रामे का अंजाम इतना फुसफुसा निकलेगा, किसी ने

सोचा भी न था। बिजली के खम्मे की रोशनी में रघु की नाक और ढोंडी के मुँह से खून उबलता देखकर किसी मनचले ने पुलिस को फोन कर दिया।

अस्पताल के डॉक्टर भी बेहद खफा थे कि नकसीर के केस के लिए उनकी नींद हराम की। पुलिस शर्मिन्दा थी कि गुण्डों ने जान-बूझकर बेवक़ूफ बना दिया।

खुद मेरे ऊपर खिसियानपन था। जिसका इल्ज़ाम मैं किसी न किसी पर थोपने की योजना बना रही थी। मैं खुद को बहुत रौशन खयाल, दुखी लोगों का हमदर्द और सामान्य इंसान से बेहद क़रीब समझती हूँ, उनके बारे में बस इतना जानती हूँ कि नकसीर को क़त्ल की वारदात यक़ीन कर लेती हूँ। मर्द औरत के बराबर हक़ूक की झण्डा-बरदार और मर्द नाक काटता है तो नफरत करती हूँ मगर औरत मर्द की नाक काटे तो दहल जाती हूँ उफ् कितनी शरम की बात है।

अंधा युग

''मेरा नाम बाबूलाल है''

''आइये, तशरीफ लाइये''

उसके चेहरे पर तनाव छा गया, जैसे मैंने कोई गाली दे दी हो।

छरहरा बदन, लम्बी गहरी साँवली रंगत और बेहद फुर्तीली, थोड़ी सुर्ख बड़ी-बड़ी आँखें, सुतवा नाक, फैला हुआ गहरे होठों वाला दहाना, सर पर घुँधराले खिचड़ी बालों का टोकरा।

मुझे गुफ्तगू को आरम्भ करते हुए कभी झिझक महसूस नहीं होती मगर बाबूलाल कुछ ऐसा भन्नाया हुआ था कि मुझे भी सोचना पड़ा।''पवार साहब ने भेजा है।''

ओहो, यह पुलिस वाले कितने भी नरम मिज़ाज नज़र आयें, ड्यूटी पर नंगी तलवार बन जाते हैं। मुझे खामोश पाकर बाबूलाल की कुछ हिम्मत बढ़ गयी, थोड़ा नरम होकर बोले।

''आप क्या पूछना चाहती हैं?

''मैं इस दुनिया के बारे में कुछ जानकारी चाहती हूँ, जहाँ मेरा गुज़र मुमकिन नहीं, मैंने बहुत हाथ-पैर मारे मगर वह औरतें हम जैसी औरतों से बुरी धारणा रखती हैं, कभी सच नहीं बोलतीं। बस दुखड़ा रोने लगती हैं। अधिकतर तो

फिल्म-लाइन के चक्कर में आती हैं और दरवाज़ों के साथ मेरा भी दरवाज़ा खटखटा लेती हैं। जिनका समय समाप्त होने लगता है वह बेटी को थोड़ा अच्छी हालत में देखने की आरज़ू में होती हैं और रेखा या हेमामालिनी के सपने देखती हैं।

"यह फिल्म-लाइन कोई कम बुरा थल है।"

"वैसे तो पूरी दुनिया ही एक बुरा थल है, क्या नहीं इस बाज़ार में बिकता। जहाँ खुदा बिकता है, वहाँ इन्सान का मातिम बेकार है। नहीं बाबूलाल जी।"

"शकील मियाँ, मैं कुछ भी हूँ। बस फ्राड से दूर हूँ मैं इस पेशे की समाजी बुराइयों के बजाय आर्थिक और राजनीतिक दृष्टिकोण से अधिक दिलचस्पी रखती हूँ। क्या खयाल है आपका। क्या मौजूदा सेटअप में बुरा थल... मेरा मतलब है जिस्म का व्यापार समय की ज़रूरत पूरी नहीं करता? जैसे बाथरूम!

"अच्छे काम की बात कही।" बाबूलाल हँसे।

"शरबत या चाय?"

"शरबत चलेगा। कोई बड़ा कारोबारी शहर बिना रंडीखानों के नहीं चल सकता।"

"जभी तो समाज-सुधार के दावेदार सीना पीटते हैं। मगर कुछ करते नहीं।"

"करते क्या नहीं कर ही नहीं सकते।"

"सब का नाता जुड़ा हुआ है। यह रंडीखाने, हम जैसे टुटपुँजियों के नहीं हैं बड़े-बड़े लोगों के हैं जो पुलिस और सरकार की छत्रछाया में फलते-फूलते हैं।"

“यह छापे जो पड़ते हैं।”

“सब दिखावे के लिए। हफ्ता बँधा हुआ है कभी किसी बड़े ग्राहक के बल पर कोई दिखाता है बस छापा पड़ जाता है।”

“क़ानून कहता है रंडी का पेशा जुर्म नहीं, रंडी की कमाई खाना जुर्म है।”

“यह लीजिए। रंडी कोई निगोड़ी आकेली होती है, उसका भी कुटुम्ब होता है। अपाहिज बाप, निकम्मा भाई, बीमार माँ और साहब स्वस्थ भी हों तो पेट सबके साथ लगा है। और फिर दलाल बिना, रंडी कितने दिन जी सकती है। पहली फुरसत में उन्हें शादी का वादा करके भगा ले जाते हैं और खुद कमायी खाते हैं रंडियों की।”

“कोई भी ऐसा नहीं जो असल में उनसे हमदर्दी रखता हो, हमेशा इस काम से नफरत करता हो।”

“ऐसे गधे अपने बम्बई में तो दिखायी नहीं पड़ते। आये दिन छोकरियाँ भागती रहती हैं, वही मिस्ल होती है कढ़ाही से निकलकर चूल्हे में।”

“यह आराम पसन्द करने वालों का काम नहीं?”

“है भी और नहीं भी, बस समझ लीजिए, यह भी तबक़ाती(वर्गभेद) मेरा मतलब है, जैसे सेठ और मज़दूर, ऊपर वालियाँ राज करती हैं और गिरी-पड़ी जाहिल पत्थर ढोती हैं।

“क्या पढ़ी-लिखी भी होती हैं?”

“क्यूँ नहीं साहब, बड़े शहरों और ऊँचे वर्ग के रंडीखानों में फटाफट इंगलिश बोलती, थोड़ा तीखी, चुलबुली

की बड़ी माँग है। वैसे जवान और गोरी भी चलती है। पर थोड़ा फैशनेबल हो तो ग्राहक उस पर अधिक जल्दी रीझ जाता है। रंडी बस सूरत से ही नहीं चलती, थोड़ी बुद्धि चाहिए।''

''शकील तुम इस कारोबार में कैसे फँस गये?''

बाबूलाल फिर गिरगिट की तरह रंग बदलने लगा, मुझे डर लगा उठकर चल देगा। मगर फिर वह मेरी परेशानी भाँपकर मुस्कुराया और सोफे पर आराम से ढलक गया। उसकी सुर्ख आँखों में ग़म और गुस्सा दिखायी देने लगा, फिर ठण्डा पड़ गया।

''अगर इस सवाल से आपको...'' मैं फिर हिचकिचाने लगी।

''मुझे आप न कहिए। संकोच होता है।'' वह अपने हाथों को उलट-पलट कर देखने लगा।

''मैं छोटा-सा था, कितना छोटा, कोई चार-पाँच वर्ष का हूँगा, जब मेरे अब्बा इस दुनिया से उठ गये थे। अम्मा उस वक्त उन्नीस-बीस की होंगी, काँटा चुभ गया था या कोई कील होगी। तीन दिन में खत्म हो गये।''

''टिटनेस?''

''जी वही रहा होगा। उसके बाद बस इतना याद है कि मेरी अम्मा नोकरानियों की तरह काम करती थीं। बात-बात पर मार-पीट और गालियाँ, इल्ज़ाम सो अलग। ताऊ बड़ा हरामज़ादा था। अँधेरे-उजाले अम्मा को...'' वह एकदम खामोश हो गया। मैं भी खामोश रही। जहाँ दूर सोच में वह बीते दिनों में भटक रहा था मेरी सोच भी वहीं

दौड़ने लगी।

"फिर एक दिन उसने अम्मा से निकाह पढ़वा लिया। बस फिर तो वह लट्ठ चले कि ख़ुदा की पनाह। मैं इतना छोटा था कि कुछ पल्ले नहीं पड़ता था। तायी न जाने क्यूँ मेरी भी दुश्मन हो गयी थी। और बात-बे-बात तमाचे मारा करती। ताऊ भी इस जूतमपैज़ार से तंग आकर बस साँड़ की तरह जो सामने आ जाता उसी को पीट देता, पीकर आता और दोनों बीवियों की पिटाई करता। एक दिन मैंने साले की पिण्डली में काट खाया।" बाबूलाल हँस पड़ा।

अम्मा को झाँख से मार रहा था, झाँख जानती हैं क्या होता है, बबूल की सूखी डाली।"

"हाँ-हाँ, अम्मा सिवेइयाँ तोड़कर सुखाया करती थीं झाँखरों पर। मगर उनमें काँटे तो नहीं होते थे।"

"बबूल की न रही होंगी, बबूल के काँटे तो बस गोश्त में घुसकर टूट जाते हैं फिर गोश्त सड़ने लगता है। बस मैं भाग खड़ा हुआ। तीन-चार साल तो झेला, फिर चली नहीं गाड़ी। एक महीने में बम्बई पहुँचा, बम्बई का बहुत ज़िक्र होता है, इधर रजनपुर से कितने ही लोग आये हैं। प्रतापगढ़ के ज़िले में हमारा गाँव है।"

"क्या पैदल ही आये?"

"नहीं जी, प्रतापगढ़ की तरफ चला था। रास्ते में कभी बैलगाड़ी, कभी छकड़े में जगह मिल गयी बस भी चलती है। कितने दिन में तो प्रतापगढ़ पहुँचा। वहाँ से रेल पकड़ी। दादी। वह तो प्रतापगढ़ में ही चुक गयी, मैं रेल में बैठा रहा, अगले स्टेशन उतार दिया गया"

रात को अधिक पकड़-धकड़ नहीं होती।

बस यूँ ही चलता रहा। फर्स्ट-क्लास से खाने की ट्रे में अच्छी-खासी जूठन मिल जाती थी। खोंचे वाले भी कभी-कभी बासीपूरी दे देते। एक क़ुली तो मुझे गोद में लेने पर तुला था। बेऔलाद होगा या साला मुझसे मज़दूरी कराने का प्लान होगा। बम्बई पहुँचा तो घिग्घी बँध गयी। भीख माँगना बड़ा आसान समझते हैं। अरे भीख के अड्डों पर भी कब्ज़ा होता है किसी न किसी का। बाहर वाले की बड़ी मरम्मत होती है।'' बाबूलाल ने सिगरेट सुलगायी, मैंने भी मस्का मारने के लिए एक माँग ली।''

''एक बात बताऊँ, सिगरेट माँगना सख्त यारी और बराबरी का सबूत है।''

बाबूलाल ने तुरन्त जूते उतारकर पैर मेज़ पर फैला दिये और फिर खूब ज़ोर-ज़ोर से सर खुजाया। आवाज़ों के साथ जम्हाइयाँ लीं तो चेहरे की रगें ढीली पड़ गयीं।

''बम्बई सेन्ट्रल के गेट पर खड़ा रो रहा था कि एक भले आदमी को रहम आगया। मुझे गौर से देखा।

''आज़मगढ़ का है छोकरे?''

''नहीं रजनपुर। पोस्ट कुण्डा।''

''अच्छा, अच्छा प्रतापगढ़ का।''

वह थोड़ी देर तोलता रहा फिर जेब से दस रुपये का नोट निकाला। जा पहले उधर होटल में रोटी खा। फिर वह सामने कपड़ों की फुटपाथ पर ढेरी में से एक निक्कर और बनियान खरीदा और रबड़ की चप्पल, बरसात में ठीक रहेगी। और देख तेरा जी चाहे तो भाग जा, दस रुपया

अपन के लिए कोई बात नहीं। इधर किराने की दुकान है न नुक्कड़ से आगे चल के, उधर आ जाना, मारपीट नहीं चलेगी, काम चाहिए काम मिलेगा।''

उन दिनों 12 आने की चप्पल मिलती थी। डेढ़ रुपया का नीला निक्कर और 8 आने की बनियान, 14 आने में पेटभर पूरी-भाजी और दो जलेबी। निक्कर की जेब बार-बार टटोलता था कि पैसे छन-छना रहे हैं कि सपना देख रहा हूँ।

दस-बारह दिन वह मुझे ले के शहर में घूमता रहा। तब इतने मालों की बिल्डिंगें नहीं थीं। गेटवे, ताजमहल होटल और फैला हुआ समुद्र देखकर चला गया। मुझे याद है पहली फिल्म अप्रैल में दिखायी बिन्दूभाई ने। यही नाम था उसका। मैं तो क़लाबाज़ी खा गया, काम तो बिन्दू भाई ने कुछ नहीं दिया। मैंने पूछा तो बोला 'क्यूँ मरा जाता है, सारी उम्र काम ही करेगा, थोड़ा घूम-घाम ले।''

बिन्दू भाई... उसका नाम हरगोविन्द था। हम लोगों के ऐसे नाम होते हैं जिससे कुछ जातपात का पता नहीं चलता। धन्धे में अड़चन पड़ती है और फिर खुदा मुझे याद ही कब था जो भूलता। पर बिन्दू भाई मन्दिर जाता तो मुझे भी साथ ले जाता और उसकी नक़ल में मैं उल्टा-सुल्टा हाथ जोड़ के प्रसाद ले लेता। चवन्नी, अठन्नी गल्ले में डाल देता। ऐसे धन्धे में पूजा-पाठ से बड़ा सहारा मिलता है। मस्जिद में जाकर नमाज पढ़ने से रूह पाक हो जाती है।

''मज़हब से कोई दिलचस्पी नहीं थी?''

'' जी थी क्यूँ नहीं। उन दिनों नया-नया पार्टीशन हुआ था, तक़ी भाई उधर कलाबा में धन्धा चलाता था, कलाबा

अमीरों का एरिया है, तक़ी भाई भी अमीर आदमी था। उसकी एक हेयर कटिंग सैलून भी थी। धन्धा छोड़ दिया था मगर जहाज़ी गोरे उधर आते-जाते थे लेकिन उन्हें ऊँचा माल सप्लाई करना कोई नीच काम नहीं उसके अलावा उसका प्राइवेट भी चलता था।''

''प्राइवेट? यानी!''

''अब आप क्या समझेंगी, बड़ा उलझा हुआ मामला है, कुछ सेठ लोग माल अपने फ्लैट में मँगवाते हैं। दस-बारह छोकरियों का ऑर्डर मिलता है, हाई क्लास माल, बाज़ारू नहीं, घरेलू माल।''

या ख़ुदा यह घरेलू माल क्या होता है, मैं चकरा गयी। थोड़ी देर बाबूलाल शब्दों को तोलता रहा फिर एकदम बोला।

''जब सेठ लोग ऊँची पार्टियाँ करते हैं तो तीन दिन-रातें वहीं गुज़रती हैं, घर कह जाते हैं, बिज़नेस के सिलसिले में जा रहे हैं। महीने में ऐसी कई पार्टियाँ हो जाती हैं। सेठ थक जाते हैं। घर में से... यानी नौजवान बल्कि अधेड भी जो दमदार हों ऐसी पार्टियों में जाना चाहती हैं उनका को-ऑपरेशन मिलता है।

''वहाँ पतिदेव से टकराव हो जाये तो?''

''नहीं साहब। बड़ी खबरदार होती हैं, पूरी खबर रखती हैं।''

''ओफ्फो, तो हो सकता है एक साहब की बीवी दूसरे के पास और दूसरे साहब की बेगम उन साहब के पास।''

''हो सकता है यह अदल-बदल तो सुना है यूरोप में

बहुत चल रही है। यहाँ भी हो जायेगी और कौन जाने हो भी गयी हो। हमको क्या लेना इन चक्करों में पडके, हमारा धन्धा बहुत सुरक्षित है, हाँ कभी पी-पिलाकर झगड़ा हो जाता है छुरी-चाकू निकल आते हैं।

बाबू भाई ने बड़े तकल्लुफ से खटकेदार चाकू निकाला और हथेली पर तोलने लगे। मैंने साँस रोक ली। अगर बाबू भाई धीरे से यह चाकू मेरे सीने में उतार दे तो यह राज़ कभी कागज़ पर ना उतर पायेगा। बाबू भाई ने बिना खोले चाकू वापस जेब में डाल लिया। मुझे अपने शक पर बेहद शर्मिन्दगी हुई।

''यह धन्धा सारे मुल्क में फैला हुआ है। अपने सेठ के तो बंगलौर, मद्रास, दिल्ली, कलकत्ता बल्कि सुना है यूरोप तक में शेयर हैं, तक़ी भाई कह रहे थे। नियमानुसार वह शेयर्स नीलाम होते हैं, दामादों को दहेज में दिये जाते हैं, जुए में हारे जाते हैं।

मुझे बौखलाया हुआ देखकर बोले।

''सच पूछिए तो इस धन्धे के बगैर काम नहीं चलता। बड़े-बड़े सौदे इन्हीं पार्टियों की मदद से होते हैं। आजकल पार्टियों में रौनक तब ही होती है और जो सेठानियाँ आती हैं वह एक कोने में जत्था बाँधे कपड़ा-ज़ेवर का ज़िक्र करती रहती हैं। बच्चों के कारनामों का दुखड़ा रोती हैं, साथ आयी कुँवारी बेटियों की निगहबानी करती हैं।''

''वह भी पार्टियों में हिस्सा लेती हैं। मेरा मतलब कुँवारी बेटियाँ?''

''नहीं साहब वह बड़ी सँभाल के रखी जाती हैं।''

"उनका बाज़ार अलग है?" मेरा जी जल रहा था।

"जी क्या बात कह दी आपने। वैसे मर्जी से भाग के चली जाये तो और बात है वरना बड़ी छानबीन के सौदे होते हैं।"

"जिनकी दाश्ताएँ न हों, बहुत पीते होंगे।"

"यानी नेक दामाद।"

"नहीं जी, अगर मोटी आसामी हो तो कड़वी बातों का सवाल नहीं उठता। कौन नहीं जानता कॉलेजों की लड़कियाँ क्या गुल खिलाती हैं।"

"बस कॉलेजों की लड़कियाँ ही गुल खिलाती हैं यह जो पवनपुल और फारस रोड वालियाँ हैं यह तो कॉलेज नहीं जातीं।"

"अरे साहब मैं यह थोड़ी कह रहा हूँ। वह अनपढ़ होती हैं, बदसूरत भी होती हैं। घरों से भाग आती हैं या अगवा कर ली जाती हैं। भगाने वाला बेचकर चल देता है। वह कोई भी हों। अगर यह गुल न खिलें तो हम जैसे चोरी करें या भीख माँगे। कितनों को उनके कारण दो वक्त की रोटी मिलती है तब ही तो यह धन्धा दुनिया से कभी नहीं मिटेगा।"

"चीन और रूस में यह धन्धा नहीं होता।"

"मगर वह तो नास्तिक हैं। शादी ही नहीं करते।"

"क्या शादी गारन्टी है कि धन्धा नहीं होता। अभी आप ही बता रहे थे कि..."

बाबूलाल बिगड़ने लगा। मैं डरी कि अब भागा। मैंने जल्दी से बात पलटी।

"मगर यह रेडलाइट एरिया। बड़ी बेरहमी है यह तो।"

"जी नहीं, जानवर काटना भी कह दीजिए कि बेरहमी है। मछली, दी मुर्गी..."

मगर इनसान का काटना किस धर्म में ठीक है?"

"धर्म को बीच में न लाइये।"

बाबूलाल गरम होने लगे मगर भागे नहीं।

"आप पक्के मुसलमान हैं?"

"अल्हमदु लिल्लाह"

"धार्मिक शिक्षा बम्बई में आकर पूरी की?"

"नमाज़ पाबन्दी से तो नहीं लेकिन जब भी मौका मिलता है पढ़ता हूँ।"

"मस्जिद में सबके साथ?"

"जी हाँ। रात की और सुबह की नमाज़ में देर हो जाती है।

"कुरआन?"

"वह हरामज़ादे ताऊ के बच्चे ने मकतब से उठा लिया। नमाज़ तो बम्बई में आकर सीख ली। और फिर मस्जिद की नमाज़ में तो अधिक पढ़ना नहीं पड़ता, इमाम ही पढ़ता है।"

"जी हाँ" सोचा पता करूँ कि फिर बिन्दू भी ऐसा ही हिन्दू होगा मगर टल जाना मुनासिब समझा।

"हज का इरादा है।" बड़े धार्मिक होकर बोले।

थोड़ी देर खामोशी रही फिर बोले "अब चलूँ?"

"बहुत-बहुत शुक्रिया शकील मियाँ, आज आपने मेरी

आँखें खोल दीं, अगर मैं खुद जाऊँ तब भी इतनी बातें नहीं पता चलेंगी। फारस रोड से गुज़रना भी मुश्किल है, मेरा सर झुक जाता है जब वह नफरत से मुझे देखती हैं। भला दिल की बात क्या कहेंगी। बरसों से देख रही हूँ आँखें केवल झुक जाती हैं बन्द नहीं हो जातीं।''

''अरे आप इतनी जज़बाती हो रही हैं, घर में गन्दगी की नाली हो तो अन्धेर मच जाये, भला सोचिए यह जो लाखों मज़दूर अपने घरबार छोड़-कर मज़दूरी करने आते हैं, बीवी-बच्चों को साथ नहीं लाते। क्या उनकी इन्सानी ज़रूरियात का कोई इन्तज़ाम नहीं होना चाहिए।''

''मगर इतनी गन्दगी?''

''गरीब का हर मोड़ पर गन्दगी से वास्ता पड़ता है। उसका घर गन्दा, मोहल्ला गन्दा, जिन होटलों में खा सकता है वह गन्दे पानी, गन्दी हवा तो गन्दी औरतें क्या उन्हें पीटर रोड या कलाबा की मिलेंगी।''

मैं चुप रही।

''अगर यह औरतें न हों तो औरतों का रहना-चलना, फिरना मुश्किल हो जाये वैसे ही यह भूख दिन-ब-दिन बढ़ती जा रही है। पेट से उतना नहीं बचता जो यह ज़रूरत पूरी करने पर खर्च कर सकें, इसीलिए रेप, बलात्कारी की वबा फैलती जा रही है।

''उसका इलाज तो कुछ नहीं, कयामत की निशानी है।''

बाबू भाई उठ खड़े हुए। फिर कुछ सोचकर बोले।

''आप मेरे घर चलेंगी?''

"ज़रूर कब?"

"बस अभी, आज मुझे फुरसत भी है पोरा साहब की हाजिरी पर हूँ।" मेरी बीवी समझती है, इम्पोर्ट-एक्सपोर्ट करता हूँ। गाँव में भी सब पर धाक है। मज़ा यह है कि इस धन्धे में भेद खुलने का कोई खतरा नहीं, भेदी के अपने भेद भी तो हैं, जब मेरे पास कुछ पैसा हो गया तो मैं बड़े ठाठ से गाँव गया। रौब पड़ा सब पर।"

मेरा ताऊ मेरे आगे-पीछे दौड़ने लगा। पैगाम आने लगे। लड़कियाँ दिखायी गयीं। मुझे रफीक़ा पसन्द आयी। दो साल मंगनी रही। मैंने फ्लैट खरीदा। सजाया और उसे धूम-धाम से ब्याह लाया। नवीं जमात में थी, मैंने सोचा मैट्रिक कर ले। गोरखपुर से आयी हुई थीं मेरी खाला-आपा, देखिएगा रफीक़ा को लाजवाब बीवी साबित हुई।

"तुम भी तो लाजवाब हो शकील मियाँ।"

"बनाइये मत।"

"मैं बनावट की क़ायल नहीं... तुम इस गन्दगी में पलकर भी इतने अच्छे इनसान बन सके। यह कोई मामूली बात नहीं।"

"सब बिन्दू भाई और तक़ी भाई मियाँ की इनायत है, आप समझती हैं इस धन्धे में सब ही कमीने हैं। क़सम से इस धन्धे में सबसे कम बेईमानी है। खोफे खुदा इसी धन्धे में रहकर परवान चढ़ता है। हर नमाज़ में खुदा से गुनाहों की माफी माँगता हूँ। मेरे गुनाह वही बख्शने वाला है, वह सत्तार और रहमान भी है।"

हम बाईकला की एक नयी इमारत के तीसरे माले पर

पहुँचे, दो बेडरूम का फ्लैट। प्लास्टिक के फूल, हाथ के काढ़े हुए कुशन, मक्का-मदीना की तस्वीरें, खड़िया मिट्टी का ताजमहल, पाकिस्तानी गुलदान, आर्टीफिशियल सिल्क के पर्दे, टीवी पर कढ़ा हुआ ग़िलाफ हाथ के बने मेज़पोश, एक शेल्फ में शीशे के खिलौने, चाँदी के खिलौने की डिब्बियाँ आदि।

रफीक़ा सुर्ख लिबास पहने, जूड़ा बाँधती निकली। भर-भर हाथ सोने की चूड़ियाँ, टाप्स और गले में चेन, मासूम सी नमकीन सूरत, बेहद बारीक नुची मौहें, धुला हुआ चेहरा। इंगलिश के शब्द मिला-मिला कर बड़े तीखे अन्दाज़ में बोल रही थी।

"आया बेबी लोग का टिफिन ले जाओ, थर्मस न भूलना।"

"आइये, अम्मा से भी मिल लीजिए।" मुझसे कुछ छोटी ही होंगी उम्र में लेकिन शकील मियाँ की अम्मा हड्डियों का ढाँचा लग रही थीं।"

"अम्मा यह आपा हैं तुम से ज़िक्र किया था ना।" शकील मियाँ झुककर बोले। शायद ऊँचा सुनती थीं।

"हूँ... जीती रहो। बैठो।" उन्होंने खाली-खाली आँखों से इधर-उधर देखा।

"अम्मा को दिखायी नहीं देता। बहुत इलाज करवाया कोई फायदा नहीं। इंशाअल्ला हज को गये तो उधर से विलायत भी ले जायेंगे।" रफीका बोली।

कोई फरक नहीं पड़ता... जो आँखें देख सकती हैं वह कौन सी देख रही हैं। मैंने सोचा।

एक बात

कहते हैं एक आदमी था। उसके थीं चार बीवियाँ और कमबख्तें सबकी सब तोतली। एक दिन कुछ दोस्तों की दावत की। मियाँ ने बोलने को मना कर दिया कि सुनेंगे तो हँसी उड़ाएँगे मगर जब उन्होंने खाने की तारीफ की बीवियों का जी न माना और बोल ही उठीं, तीन तो खैर अपनी तारीफ में बोलीं पर चौथी बीवी ने कहा। "भला हुआ जो हम न बोले मियाँ आयेंगे तो जूते लगेंगे।"

तो साहब वह जूते लगे मगर सबसे ज्यादा उन आखिरी बोलने वाली के तो आजकल साक़ी सब की बातें सुन रहा है तो हम क्यूँ चुप रहें, आखिर हम भी मुँह में ज़बान रखते हैं। आजकल बातों का सामान्य विषय 'नया अदब' है हमदर्द लोग इंसानियत, अखलाक, अदब(साहित्य) और तहज़ीब को गुमराही से बचाने के लिए नये अदब के पीछे हर प्रकार के हथियार लेकर आक्रमण कर रहे हैं और किबला ऊँट साहब कुछ बौखलाये से नज़र आ रहे हैं, अल्लाह जाने किस करवट बैठते हैं और सुना है जब ऊँट को गुस्सा आता है तो दुश्मन की खोपड़ी उतार लेता है।

और ज़रा हथियार देखिए कैसे बिदकाने वाले हैं।

"नया अदब अश्लीलता है।"

“नया अदब सिवाये यौन सम्बन्धी उलझनों के कुछ नहीं!!”

“नया अदब गिर रहा है”!!!

या अल्लाह यह अश्लीलता क्या होती है, हमारी एक खाला थीं जो अल्प आयु की लड़कियों को हर समय ढंग से दुपट्टा ओढ़ने का उपदेश दिया करती थीं। थोड़ा सा कन्धे से दुपट्टा सरका और उनकी आँखों में खून उतरा। समझ में नहीं आता था कि वह इस शरीर के विशेष भाग से क्यूँ जलती थीं।

पता चला कि क्यूँकि बहुत मुरझायी हुई सूरत की थीं। लड़कियों के शरीर को देखकर कोयला हो जाती थीं। बेचारी खाला! न जाने कितनी खालाएँ और नानियाँ जवानी खोकर लड़कियों की सौतनें बन जाती हैं।

यही हाल नये अदब(साहित्य) ने पुराने अदब का कर दिया है और वह उसके शबाब की गरमी से पिघला जा रहा है समझ में नहीं आता कि अगर नंगापन नज़र आता है तो लोग बिलबिला क्यूँ उठते हैं। यह माना कि यूरोप के लड़कों और लड़कियों की शिक्षा व संस्कार बचपन से ही कुछ इस अन्दाज़ से होते हैं कि उनके लिए इसकी कोई अहमियत ही नहीं रह जाती। वह जब उसके सम्बन्ध में कुछ पढ़ते हैं तो उनके कानों पर जूँ भी नहीं रेंगती और यहाँ साँप फनफनाने लगता है। क्यूँ साहब क्या ज़रूरी है कि इस साँप को हम अपनी अगली नस्ल का खून चूसने के लिए ज़िन्दा छोड़ दें। क्यूँ न इसका फन जल्द से जल्द कुचलकर कहानी खत्म कर दी जाये और नये लेखक जो चुन-चुनकर साँपों को कुचलने

की फिक्र में हैं। दुश्मन दीन और दुनिया क्यूँ समझे जा रहे हैं।

मगर यह भी तो ठीक नहीं कि नये अदब में केवल अश्लीलता है वह कहते हैं न कि जैसी रूह वैसे फरिश्ते। कुछ लोगों ने केवल अश्लील नजर से पढ़ा और वह उनके दिल और दिमाग़ पर छप गयी, शेष अर्थपूर्ण बातें पता ही नहीं चलीं। अतः नज़रअन्दाज़ कर दें। थोड़ा विचार कीजिए पढ़ने की रुचि रखने वाले तो मासूम बनकर छूट जायें और लिखने वाला बुरा।

यह ज़रूरी नहीं कि हर गन्दगी हर एक को दिखायी दे जाये और बेकार सड़कों पर नंगे घूमने लगें। लेकिन अगर सूरज की धूप से नहाने के लिए किसी शरीर के ज़रूरी हिस्से को खोलने का समय आये तो उसमें क्या शरम।

अगर पट्टी खोलने से ज़ख्म ठीक हो जाये तो यह अश्लीलता नहीं होती बल्कि इसे इलाज कहते हैं और वह बुजुर्ग जो इससे चिढ़ जायें रहम के काबिल हैं यह तो ठीक है कि अश्लीलता दुख देती है और इस अश्लील साहित्य के आईने में न जाने किसकी लोगों को झलक नज़र आती है कि वह ईंट लेकर गरीब आईने पर दाँत पीसकर दौड़ते हैं भला सोचिए तो इसमें आईने का कसूर ही क्या?"

शायद कहानियों में अश्लीलता देखकर लोगों के जज़बात में तेजी आ जाती है। एक साहब को जोहरा का मरमरी बुत देखकर मिर्गी का दौरा पड़ जाता है अब उसका इलाज किसी लेखक के पास तो नहीं तो क्या मुमकिन नहीं कि बात समझ कर पढ़े। अरे साहब यह तो ज़िन्दगी की तस्वीर

है, खुली भी है ढकी भी है। अगर अश्लीलता है भी तो क्या ज़रूरी कि मिर्गी का दौरा ज़रूर डाला जाये। जज़बात पर क़ाबू भी तो कोई चीज़ है और ऐसा अश्लीलता में ही ऐब ही क्या है जो आप साहित्य की अश्लीलता से काँप जाते हैं, यह नहीं देखते कि लेखक खुद दुनिया की अश्लीलता से काँप उठता है और दहशत के मारे काँप रहा है। वह तो केवल शब्दों में उन्ही बातों को ला रहा है जो दुनिया में हो रही है। नया साहित्य मौजूदा जमाने की तारीख है। बरसों बाद भी जब यह नया साहित्य दुनिया में न रहेगा तब भी इसी तरह राजनीतिक, आर्थिक और सामाजिक हालात के सम्बन्ध में तारीखी बातें पहुँचाता रहेगा। यही कहानियाँ और नज़में इतिहास के पृष्ठों में परिवर्तित हो जाएँगी। अगर नया साहित्य गन्दा है तो उसका मतलब यह है कि नयी दुनिया गन्दी है जिसकी यह तस्वीर है, चित्रकार का क्या कसूर?

इतिहास और साहित्य साथ-साथ रहे हैं और रहेंगे। अर्थशास्त्र को भी साहित्य से अलग नहीं किया जा सकता। चाहे राजनीतिक मजूबरियाँ साहित्य को राजनीति से दूर रखें, फिर भी छुपा रंग फूट ही निकलेगा। इस नये साहित्य से पहले रूमान और मिजाज़ का ज़ोर था। पितरस, अज़ीम बेग, रशीद अहमद सिद्दीक़ी, शौकत थानवी, इम्तियाज़ अली ताज, फरहतुल्ला बेग सब ही तो एक ही सा लिखते हैं। थोड़ा गौर से पढ़िये वही बीवी के जुल्म, दोस्तों की मज़ाक़, घरेलू झगड़े, सबके सब एक ही बात बार-बार लिखते हैं। हाँ यह बात और थी कि सब का रंग अलग था और अब

नये क्या लिख रहे हैं। यौन-उलझनें अमीर और गरीब के झगड़े, ज़िन्दगी से जंग और तमाम दुनिया के दुख! यह तो हमेशा होता है फिर नये लेखकों से क्यूँ शिकायत है कि वह सब एक रंग में रँगे हुए हैं। कितना बेकार नुक्स है अरे साहब! मलेरिया फैलता है तो सबको कुनैन ही देते हैं। दुख-दर्द में सब इनसान एक ही तरह रोते-पीटते हैं कोई गाना तो हो नहीं रहा जो सुर-ताल में हो। पुराना साहित्य भी ज़िन्दगी की तस्वीर थी और नया साहित्य भी, यह माना कि जब पुराना साहित्य लिखा गया तो यह दुनिया इतनी गन्दी और नंगी नहीं थी और अब आप जिधर नज़र उठाकर देखिए दुनिया नंगी, भूखी, चोर, उचक्की और मक्कार नज़र आती है। नये लेखक क्या करें कैसे आँखों पर पट्टी बाँधकर गुल पकावली और मसनवी गुलज़ारे नसीम लिखने लगें। फसाना-ए-आवाज़ मज़ाकिया कहानियाँ लिखते चले जायें। नये लेखक अधिकतर नंगे और भूखे और भावुक हैं। दिल और दिमाग़ अधिक तेज़ी से काम कर रहे हैं और थोड़ी-सी चोट से भन्ना उठते हैं। उनके भयानक सपने जिनकी और भी भयानक स्वप्न-फल हैं, यह हमारी दुनिया का नक्शा है। बुरा है या अच्छा है। यह निर्णय अगली नस्ल के हाथ में होगा कि वह उसे सीने से लगाये या ठुकराये हम और आप कभी न्याय से कुछ नहीं कह सकते और आपका निर्णय बेकार है क्यूँकि वह बेअसर होगा, नया जो कुछ भी है वह वर्तमान युवाओं की पुकार है, चोट खाया हुआ साँप है, वह दब नहीं सकता। आपके एतराज़ और ताने उसे खामोश या दुबक जाने पर मजबूर नहीं कर सकते। वह

चीखेगा... दुख होगा तो रोयेगा, यह शारीरिक भूख ही ठहरी तो फिर हाय-हाय क्यूँ न हो। नये लेखक इतने शर्मीले और बुज़दिल नहीं जो तानों से डर जायेंगे। यह पुकार जो अफसानों में नज़र आ रही है क्या उनका सम्बन्ध आर्थिक और सामाजिक हालात से कुछ भी नहीं? क्या इसमें आपको राजनीति की चाशनी नज़र नहीं आती। आपने डिमांड और सप्लाई के सम्बन्ध इकोनॉमिक्स में पढ़ा होगा, थोड़ा इस नुक्ते को हमारी वर्तमान जिन्दगी पर परखिए, शारीरिक डिमांड कुदरती है और सप्लाई भी... मगर मार्केट नहीं, यानी महिलाऐ भी हैं और मर्द भी और इच्छाएँ भी। मगर उनका ज़िक्र बेशरमी! हिन्दुस्तान के लोग गरीब हैं। गरीबी में शादी मुसीबत, बिना शादी के गुनाह... बिना शादी के जीना मना क्यूँ? आखिर क्यूँ?

हमारे नौजवान बावजूद शिक्षा और शारीरिक क्षमता रखने के दुनिया की दिलचस्पियों से महरूम। शिक्षा तो हमारे लिए मुसीबत हो गया कि न पढ़ते न यह पता होता कि दुनिया के दूसरे इनसान क्या मज़े उड़ा रहे हैं। मज़े से अपनी चमड़ी में मगन रहते, मगर अब हम जानते हैं और देखते हैं कि और मुल्कों में जिन्दा रहना जुर्म नहीं और यहाँ के नौजवानों को कुछ भी नसीब नहीं। यहाँ हर बात अजीब, हर बात गन्दी और नंगी। वहाँ ऐश के हज़ारों तरीके, यहाँ ज़िन्दगी के सपने देखना जुर्म! खैर अगर यह मुसीबतें थीं तो कम से कम अहसास ही कुंद होता।

काश मिट्टी के तूदे होते जो सुनते न देखते न दुख-सुख से चिल्लाते। जमाने की ठोकरों में लुढ़कते समाप्त होने की

ओर चले जाते। मगर नयी दुनिया का नया बेटा जिद्दी, बदमिजाज़ और खड़ा है। वह वर्तमान व्यवस्था को पसन्द नहीं करता। वह एक नयी व्यवस्था के लिए बेकल है उसे बदल डालना चाहता है मगर अभी तो वह भी कुव्यवस्था से गुस्सा होकर अपनी ही बोटियाँ चबा रहा है। खुद अपना ही शरीर और रूह चीरकर फेंक रहा है और कल वह इस व्यवस्था को तोड़-फोड़ कर दूसरी व्यवस्था बनायेगा मगर उस व्यवस्था को तोड़ने से पहले उसे न जाने किस-किस को कुचलना पड़ेगा। किस-किसके पैरों से रौंदा जायेगा... और जो बाक़ी रहेगा वही नयी व्यवस्था को पूरा करेगा।

यह व्यवस्था क्या होगी यह अभी किसी को नहीं पता। नये साहित्य के पढ़ने से अन्दाज़ा होता है कि इस नयी व्यवस्था में दुख, भूख और गरीबी न होगी... फ़ाक़े न होंगे और अगर होंगे तो केवल इनसानों के घर होंगे। जहाँ इनसान रहेगा, महिलाओं को भूखी कुतियों की तरह गन्दी नालियों में नर्क का अज़ाब बनकर नहीं बैठना पड़ेगा। मर्द हैवानियत से दूर होंगे, कुदरत के उसूल के मुताबिक जो इनसान पैदा होंगे वह इनसान माने जायेंगे और उन्हें केवल समाज का पेट भरने के लिए हलाल नहीं किया जायेगा। शादी-ब्याह केवल पैसे ही वालों के न होंगे बल्कि हर समय स्वस्थ इनसान को सम्पूर्ण जीवन बिताने का हक़ प्राप्त होगा।

नया साहित्य पुकार-पुकार कर इनसान को जीने का हक दिलाना चाहता है। ज़िन्दगी और उसकी सारी बातें जो बाप-दादा की विरासत बन गये हैं इनसान का हक हो जायेंगे। नयी दुनिया के दुख बहुत बढ़ गये और नया

साहित्य इसी दुनिया के दुख की आह है जो दुनिया के हर नौजवान के चूर-चूर जिस्म से निकल रही है इसे देने से कुछ नहीं होता। बुढ़िया ताने देतीं मर गयीं।... बूढ़े लाहोल भेजते चल दिये। मगर नौजवान ज़िन्दगी की कशमकश में फँसा हुआ है। वह मिटने के लिए तैयार नहीं वह बुज़दिल नहीं और उसे बेशरमी के खिताब से थोड़ी भी शरम नहीं आती। जब साहित्य का सवाल आता है तो उसमें ज़नाना-मर्दाना साहित्य का क्या सवाल। जो व्यवस्था लड़कों को पसन्द नहीं वह लड़कियों को कब पसन्द आ सकती है। मर्द अगर चीख सकता है तो औरत को भी कराहने की इजाज़त होनी चाहिए।

नये साहित्य का मुकाबला एक बुजुर्ग सेक्सी किताबों से करते हैं। ठीक है लेकिन मालूम होता है कि जैसे हमारे मुल्क के लोग सेक्स-ज्ञान पर लिखी हुई किताबों को केवल आनन्द के लिए पढ़ते हैं, उसी प्रकार वह नये साहित्य से आनन्दित होना चाहते हैं। सेक्स-ज्ञान पर किताबें चिकित्सा सम्बन्धी नियम समझाने को लिखी गयी थीं लेकिन लोग उनसे साहित्य का मज़ा लेने और उसी प्रकार नये साहित्य को नॉवेल और अफसाना समझकर मज़ा लेना चाहते हैं मगर बजाय उसमें चटखारेदार मसाले के जो अब कुनैन निकलती है तो गरीब लेखक के जन्म में थूकते हैं।

आखिर में एक बात नये लेखकों से, इन बेकार तानों की परवाह न कीजिए, एतराज! कब नहीं होते? किसने नहीं किये? सिवाय दादी-अम्मा के लाडले बेटों के कौन ऐसा है जिसने कभी बुजुर्गों से शाबाशी वसूल की हो? नौजवानी से

बुज़ुर्गों को हमेशा नफरत रही है और रहेगी। सच तो यह है कि आप जो कुछ लिखते हैं यह बुज़ुर्गों के लिए भी नहीं। कुछ कहें तो अदब से सर झुकाकर मुस्कुरा दीजिये, लिखिए ज़रूर, लिखिए जो कुछ आप देखते हैं, सुनते हैं, सोचते हैं, वह ज़रूर लिखिए न ज़बान की गलतियों से डराइए, न इस बात से डरिए कि कोई आपको लेखक नहीं मानता। अगर आप जिस दुनिया में रहते हैं उसमें कुछ काँटें हैं, कुछ भयानक दरिन्दे हैं, कुछ खौफनाक कीड़े-मकोड़े हैं, तो अगली नस्ल के लिए उसे लिखना चाहिए, उसका सबक़ आपके ही अनुभव होंगे। आपके ही अनुभव उनके अनुभव होंगे, अच्छा बड़ा कसैला सब कुछ लिख दीजिए। और वह स्वयं आयें जो हमारे शरारती मरीज़ पीने से इनकार कर रहे हैं और मचले जाते हैं। अगली नस्लें उन्हें गर्व और सम्मान से लेंगी क्यूँकि अगली नस्ल अधिक समझदार रौशन दिमाग़ और अच्छे-बुरे को परखने वाली पैदा होगी। उसके लिए यह खुराकें भारी होंगी। वह नस्ल बात को बात समझकर परखेगी। उसके जज़्बात इतने कमज़ोर न होंगे। जो नंगापन और सच्ची बात से फड़फड़ा जायें जैसे शेर की बू पाकर घोड़ा बिदकने लगता है और उन जरासीम को अपने तेज़ाब जैसे साहित्य से तबाह कर दीजिए और यही रूई के गाले जिनमें एक चिंगारी भी पड़ जाये तो भग से उड़ जाते हैं, बर्फ के गाले बना दीजिए, जिनमें अंगारे भी सर्द पड़ जायें।

और चलते-चलते एक बात उन बुज़ुर्गों से कि यह नौजवानों पर एतराज़ तो अब पुराना फैशन हो गया... और पुरानी चीज़ को दफन ही कर दिया जाये तो बेहतर है।

बेशक आपको बुरा लगता है और अगला साहित्य इन वर्तमान लेखकों को बुरा लगेगा। मौत किसको अच्छी नहीं लगती।

इन लोगों को क्यूँकर भूल जाऊँ जो खुद लिख चुके और अब परेशान हो रहे हैं। नसीहत पर आ गये हैं। एक साहब तो बहुत ही बिगड़ गये और उन्होंने कुछ लाजवाब शेर भय्या गुनहगारों को सही रास्ते पर लाने के लिए लिखे, जिनकी दाद दिये बगैर नहीं रहा जाता, मुझे बदकिस्मती से उनका क़ाफिया और रदीफ़ इस समय याद नहीं आ रहा मगर जो दिल पर अर्थ छपे हैं वह यह हैं कि लेखक जो ऐसी अश्लील बातें लिखते हैं क्या उनके बहन-माँ नहीं। हुस्न शायरी के अतिरिक्त यह एक निराला और शायराना गाली देने का तरीका है और मुझे बेहद खुशी हुई है कि बातों में पीछे सही लेकिन इस हुनर में हम हर मुल्क से अधिक उन्नति कर चुके हैं। इन हज़रात से अर्ज़ है कि अगर माँ-बहनें न होतीं तो फिर अनुभव कहाँ

होता? यह अदब है गप नहीं कि नशा पीकर लिख डाला। नया साहित्य ज़िन्दगी की तस्वीर है और उसके लिए मॉडल चाहिए। फिर? आप कहेंगे "शरम नहीं आती!" जी सचमुच की तो नहीं आती। ... अगर आप कहें तो शरमाने को तैयार हैं।

अगर चित्रकार मुस्कुराना ही शुरू कर देते तो आज आपको आर्ट नज़र न आता और फिर नये लेखक आईना बनाने वाले हैं हर व्यक्ति उस आईने में मुँह देखकर शरमा सकता है।

ओ... हाँ बस एक बात और इन अच्छे बच्चों से जो तहजीब पसन्द हैं और साहित्य से बचना चाहते हैं वह हरगिज न नया साहित्य लिखें और न पढ़ें क्यूँकि नया साहित्य तहज़ीब की धज्जियाँ बिखेरता है यह तो केवल उन लोगों के लिए है जो बिना डरे और बेफिक्रे हैं जिनका हाथ भी सड़ जायें तो उसे काटकर फेंक सकते हैं, फिर झूठी और बनावटी सोसाइटी की क्या बात... जो इस बात की परवाह नहीं करते के अखबारों ने बाईकाट कर दिया, या लेखक रूठ गये... और वह दिन दूर नहीं जब उसका साहित्य टुकड़े-टुकड़े लोग पलकों से चुन लेंगे। इतिहास लिखने वाले, इकोनॉमिक्स और शिक्षा डिपार्टमेन्ट वाले उसको जमा कर लेंगे अगर यह वर्तमान साहित्य वर्तमान काल की सच्ची तस्वीर है तो खुद चिड़ियाघर की शोभा बन जायेगा और अगर यह कूड़ा-करकट है तो अपने रास्ते लग जायेगा... हमें क्या फिक्र?

बहू-बेटियाँ

यह मेरी सबसे बड़ी भाभी हैं, मेरे सबसे बड़े भाई की सबसे बड़ी बीवी। इससे मेरा मतलब यह नहीं है कि मेरे भाई की खुदा न करे बहुत सी बीवियाँ हैं। वैसे अगर आप इस तरह से सवाल करें तो मेरे भाई की कोई बीवी नहीं, वह अब तक कुँवारा है, उसकी रूह कुँवारी है वैसे दुनिया की नज़रों में वह बड़ी भाभी का खुदाए मजाज़ी है और पौन दर्जन बच्चों का बाप है। उसकी शादी हुई दूल्हा बना। घोड़े पर चढ़ा, दुल्हन को घर लाकर पलंग पर बिठाया फिर पास ही खुद ही बैठ गया और तबसे बराबर बैठ रहा है, लेकिन संतवाद की बातें समझने वालों ही को पता है कि वह कुँवारा है और सदैव कुँवारा रहेगा। उसका दिल न ब्याह सका और न कभी ब्याह सकेगा। वह न कभी दूल्हा बना न घोड़े पर चढ़ा न दुल्हन को लाया न उसके संग उठा-बैठा। वह तो उसका बाप था जिसने उसका ब्याह करवा दिया, ऐरे-गैरे नत्थूखैरे की राय से वह बगावत के बुखार में झुलसता रहा मगर इनकार न कर सका क्यूँकि वह जानता था उसके बाप के हाथ बड़े तगड़े हैं और जूते उससे भी तगड़े। इसलिए उसने ठीक समझा कि वह शहीद तो हो ही रहा है जूते से शहीद न हो, तब भी कोई फरक नहीं पड़ता। अतः वह दूल्हा बना और सेहरे के पीछे ताड़ने वालों ने ताड़ लिया कि और एक सेहरा

बँधा है जो उसके अरमानों के खून में डूबे हुए आँसुओं से गूँथा गया है जिसमें उसकी न सुनायी देने वाली सिसकियाँ पिरोयी हुई हैं, जिसमें उसके मसले हुए जज़्बात और कुचली हुई मुसर्रतें बँधी हुई हैं वह घोड़े पर नहीं चढ़ा। उसका जनाजा माँ-बाप की हठधर्मी के घोड़े पर लटका दिया गया। वह अपनी दुल्हन नहीं लाया बल्कि वह बाप की दुल्हन थी उनही की ब्याहता थी।

मगर एक मजबूर बेटे की तरह बिना आह किये वह दुल्हन के पास भी गया उसका घूँघट हटाया मगर वह यही इरादा कर चुका था कि वह खुद वहाँ नहीं, यह उसका बाप है जो उस दुल्हन का दूल्हा है मगर मेरी भाभी उस समय बड़ी न थी मेरा मतलब है जिस्मानी तौर पर वह दुबली-पतली और नाज़ुक-सी छोकरी थी, इस लिए एक पल को मेरे बड़े भाई का शरीर उससे ब्याह गया लेकिन बहुत जल्द ही वह दुबली-पतली महिला बढ़ना शुरू हुई और कुछ साल ही में वह फूल-फालकर बेतुके गोश्त का ढेर बन गयी, मेरे भाई ने उसके ऊपर चढ़ते हुए गोश्त को न रोका, उसकी जूती रोकती वह उसकी थी कौन।

लेकिन वह बच्चे... उसके माँ-बाप के बच्चे, जिन्हें वह कभी भूले से भी न छूता था। गिनती में बढ़ते रहे, नाकें सड़सड़ाते, टाँगें उछालते, उछल-कूद मचाते मगर मेरे भाई के दिल के दरवाज़े वैसे ही बन्द रहे। वह ऐसा ही कुँवारा है और बाँझ रहा। मेरी भाभी कुछ ऐसी उन पलों में फँसी कि उसने पलटकर भी भय्या की तरफ न देखा। जैसे कह रही हों, मैं तो पहले सास-ससुर की बहू हूँ, ननद की भौजाई हूँ,

बच्चों की अम्मा हूँ, नौकरों की मालिक हूँ, मोहल्ले की बहू-बेटी हूँ, फिर अगर समय मिला। तो तुम्हारी बन जाऊँगी।

भय्या को इस तरह की साझे की हाँड़ी बड़ी फीकी और बेस्वाद लगी और उसने अपना दिल सँभाल कर उठाया, बिखरे टुकड़े समेटे और तलाश में निकल खड़ा हुआ। उसने कितने ही ठिकानों पर इस चकनाचूर शीशे के टुकड़ों को जाकर रखा मगर कोई मरहम कोई दवा ऐसी न मिली जो इन टुकड़ों को जो देती, इसलिए वह अब भी कुँवारा दिल लिये फिर रहा है, फिर किसी दिल वाली की तलाश में।

उसने दिल वालियों को रंडियों के कोठे पर ढूँढ़ा, गन्दीगलियों में घूमने वालियों में तलाश किया। रेडियो स्टेशनों पर गाने वाली हसीनाओं और कलाकारों में टटोला, अस्पतालों की नर्सों में भी जुस्तजू की। फिल्मी परियों की गुफाओं में भी भटका और एक्स्ट्रा लड़कियों के झुरमुट में भी झाँका। जाहिल गाँव की गँवारियों, सड़क की कूटने वाली मछेरनों और भठियारियों के आगे भी हाथ फैलाया। ड्राईगरूम में उगने वाली और बालरूम में थिरकने वाली शरीफ़ज़ादियों से भी भीख माँगी मगर उसे दिल वाली कहीं न मिली। लाखों ही घूँघट पलट डाले मगर वही महिला, वही सास की बहू, वही उनके बाल-बच्चों की माँ दिखायी दी।

मेरी भाभी सबसे बड़ी सही। मगर अधिक अक़्लमन्द बिलकुल नहीं। उसने मियाँ को झूठे बहलावे कभी न दिये जैसे पहले ही रात को वह समझ गयी हो कि अपनी जान घिसाना बेवकूफी है। इन तिलों में तेल न निकलेगा और वह

दुनिया से जी कड़वा करके काले-कलूटे टेढ़े-भैंगे बच्चे तो खुद उसके पेट में बनते रहे वह तो उबकाइयाँ लेने और बेडौल बनने के अतिरिक्त कुछ भी न करती रही और यह बच्चे मेरे भय्या से बदला लेने का हथियार साबित हुए। जब नाक चाटते। नंग-धड़ंग बिसोरते हुए केंचुए किसी महफिल या पार्टी में मेरे भय्या को छू देते हैं तो वह ऐसे उछल पड़ते हैं। जैस बिच्छू ने चटक लिया और जब कभी भोले से कोई अहमक़ मेहमान घर में आ जाता तो यही तहजीब पसन्द सलीके दुश्मन उसकी छाती पर कादू दलकर उसको डूब मरने का मशविरा दिया करते हैं।

उनके अतिरिक्त घर के मैले-कुचैले बिछौने, मैले फर्श और गन्दे बरतन एक अच्छे दिमाग रूह को मरघट में सुलगाने के लिए काफी न पाकर मेरी भाभी ने तमाम उपाय और अच्छी बातों के सुनहरे नुस्खे प्रयोग करके आने-जाने या जमे रहने वाले रिश्तेदारों का सिलसिला भी तोड़ दिया।

इसलिए तो बेचारा दिल वाली की तलाश में सब कुछ लुटाता फिरता है। कभी-कभी उसे कोई महबूबा दिलनवाज़ मौका पाकर उसका फरनीचर बेच करके, कमान पगड़ी पर उठाकर यहाँ तक कि उसके कपड़े भी अपने नये आशिक़ के लिए लेकर भाग जाती है और वह फिर वैसा ही लिण्डोरा है और यतीम रह जाता है।

वैसे भी उसे इश्क़ रास नहीं आता, जहाँ के लोग आवारगी करते हैं पर घण्टियाँ किसी के गले में नहीं लटक जातीं। वह तो अगर भूले से किसी की तरफ मुस्कुराता भी देख लिया तो वह महिला तुरन्त गर्भ से हो जाती है और

उसकी जान पर एक बच्चा भेंट कर देती है, जिसे वह बिल्ली के गू की तरह छिपाता फिरता है, वह अपने जायज़ बच्चों से थोड़ा नहीं शरमाता मगर उसकी दुर्वृत्ति से उसकी इज़्ज़त पर उँगली उठने का डर है, वह बड़ा इज़्ज़तवाला है न।"

वह अपनी इस मुसीबत को दुनिया की सबसे बड़ी आफत समझता है जब उसके दिल की दुनिया उजाड़ पड़ी है तो लोगों को भूख, महँगाई और बेकारी जैसी बेकार बातों के बारे में कुछ सोचने का क्या हक है, दिल है तो सब कुछ है।

आप समझेंगे कि वह कोई यौन-रोगी है, महिला का भूखा है, जी नहीं इस जालिम महिला के कारण तो उसे बार-बार बदहज़मी भी हो चुकी है। तो बात असल में यह कि वह ऐसे माहौल में पैदा हुआ है जहाँ गमे दुनिया को गमे उकबा(परलोक) की आड़ में छिपाना सिखाया जाता है। जहाँ हर जिस्मानी महरूमी(वंचन) का इल्ज़ाम भाग्य के सर और रूहानी प्यास बुझाने का ठेका माशूका के जिम्मे है। वह भाग्य के पीछे डण्डा लेकर पड़ा हुआ है एक दिन उसे नसीब कहीं दुबका हुआ मिल जायेगा और वह उसका सर टुकड़े-टुकड़े कर देगा फिर वह होगा और उसकी महबूबा लेकिन उसे इतना भी नहीं पता कि उसका भाग्य उसकी पीठ पर बैठा है और उसकी चर्बी बढ़ी हुई आँखों को कभी नज़र न आयेगा।

और इन कड़वे-कसैले माँ-बाप और व्यवस्था के साये में पौन दर्जन बच्चे परवान चढ़ रहे हैं, आने वाली पौध उग रही

है और ज़िन्दगियाँ साँचों में ढल रही हैं नामालूम मंज़िल तक घिसटने के लिए दुनिया में कड़वाहट और गरीबी की पाल-पोस करने के लिए।

यह मेरी दूसरी भाभी है मेरे भाई की अनमोल दुल्हन। इसकी किस्मत का चमकता और दमकता सूर्य इसको रास्ता दिखाता है। मेरा भाई बड़ा ही भाग्यवान है इसने एक ग़रीब घर में जन्म लिया, दियों की अधमरी रोशनी में पढ़-पढ़ कर एक दिन जब रोशन सितारे की तरह जगमगाया तो एक बड़ी-सी मछली आयी और उसे पूरा निगल गयी।

ज्यूँही उसने प्रथम नम्बरों से बी.ए. पास किया नवाब गम्मन की नज़र उस पर पड़ गयी, न जाने किधर के रिश्ते जोड़-तोड़ कर प्रोफेसरों के द्वारा काँटा मारा और देखते ही एक छोड हज़ार जान से उस पर फिदा हो गये। फिर उसे अपनी सबसे चहेती बाँदी की सबसे लाडली बेटी को बख्श दिया। बावा बहुत फुदके मगर एक तरफ तो थी नवाबज़ादी और इंग्लैण्ड जाने का खर्चा और दूसरी तरफ खूसट बाप और अपाहिज माँ और बिन-ब्याही बहनों की पलटन और अध-पढ़े भाइयों की फौज। ज़ाहिर है कि बाज़ी बड़े हल्क़वाली मछली के हाथ रही और बाकी जोंकें मुँह देखती रह गयीं। चट-मंगनी पट-ब्याह अम्मा को समधन बनने का शौक, बहनों को नेग उड़ाने की तमन्ना दिल की दिल ही में रह गयी और पूत पतंगा बनकर सात समुद्र पार उड़ गया।

अम्मा ने जी पर पत्थर रख लिया था कि बला से हड्डी नीची है तो दहेज़ ही से आँसू पुंछ जायेंगे, माशाअल्लाह इतने सामान से पलटन के दो-चार सिपाही तो लेस हो

जायेंगें दूल्हा की सलामी से ही दो-तीन भाइयों की नाव पार उतर जायेगी मगर सारे अरमान, सारे हौसले फुर से उड़ गये, जब नवाब की एक कोठी दुल्हन का मायका और दूसरी ससुराल बनी और बहू एक कोठी से दूसरी कोठी को ब्याह दी गयी।

इंग्लैण्ड से लौटकर दूल्हा ब्याह कर ससुराल चला गया और अम्मा-बाबा नये सिरे से दूसरा पौधा सींचने पर जुट गये, फिर किसी दिन उस पौधे के चिकने-चिकने पात किसी बाग़बान को नज़र आ गये तो वह उसे भी इस घोरे से समेट कर अपने 'हाउस' में ले जाकर रख देगा और अम्मा-बाबा ऐड़ियाँ रगड़ते आखिरी मंज़िल को जाकर पकड़ लेंगे।

अब यह पहला पौधा अपने ससुराल की रियासत में किसी मुफ्तखोरों वाले ओहदे पर है, तनखाह के अतिरिक्त मोटर, घोड़ा-गाड़ी, कोठी, बँगला, नौकर-चाकर और नवाबज़ादी उसे मिली हुई है। सुबह उठकर दरबार में तीन सलाम झाड़ने के बाद वह दिन भर पड़ा कोठी में ऐंठता रहता है। कभी-कभी उसे ऐसा मालूम होता है जैसे वह नस्ल बढ़ाने के लिए प्रयोग किये जाने वाले साँड़ से अधिक नहीं था जो थान पर बँधा उगली हुई उल्टी की जुगाली किये जा रहा है।

उसकी बीवी यानी नवाबज़ादी कभी उसके गन्दे घर न आयी मगर जब बूढ़े बाप ने दुनिया की जंग से तंग आकर हथियार डाल दिये तो वह अपने पूरे तामझाम के दो-घड़ी को आती, उस समय बेचारे नवाबी-दामाद की शरम के मारे बुरी हालत हो गयी जैसे गवर्नर वायसराय की सवारी आ रही हो तो एक साफ सी सड़क चुनकर झण्डियाँ लगा दी

जाती हैं ताकि वायसराय समझें कि सारा मुल्क ऐसा ही साफ और झण्डियों से सजा हुआ है।

इस तरह घर का सारा कूड़ा-करकट नज़रों से ओझल रख दिया गया। उठने से पहले नवाबज़ादी उठकर चल दीं और साथ-साथ वह दामाद भी।

मगर बड़े हसास दिल का मालिक है वह सब कुछ समझता है और उसके दिल पर बर्फ के घूँसे हरदम लगा करते हैं। इसलिए वह जल्द से जल्द इस माहौल में समोने की कोशिश करता रहता है और खुद को भूलने के लिए शराब पीता है तब वह सब कुछ भूल जाता है, यह भी भूल जाता है कि सुहाने मौसम आ गये हैं और आस-पास की रियासतों के रंगीन मिजाज़ सैर और शिकार को आ-जा रहे हैं। उसकी बीवी दूसरी नवाबज़ादियों की तरह हिरनी बनकर चौकड़ियाँ भर रही हैं, वह खुद तीन सलाम झाड़ रहा है, कमरे में बेफिक्र पड़ा है, अब तो उसे अपने जीवनसाथी की आँखों में से गुज़रते हुए सवाल भी नहीं जगा सकते। वह यही तो कहती है कि "तुम्हारा काम क्या है? मेरे बाप की जल्दबाज़ी ने तुम्हें इस स्वर्ग में ला डाला है इसे गनीमत जानो जो यह न होता तो जूतियाँ चटखाते फिरते" ऐसे समय उसका जी चाहता है कि वह दुनिया को दोनों हाथों से उठाकर दे पटके और...

मगर वह इस खयाल को अपने दिमाग़ में जड़ पकड़ने से पहले उखाड़ फेंकता है। दुनिया जानती है कि वह इंग्लैण्ड से कोई डिग्री या डिप्लोमा तो ला न सका, उसके जाते ही साहबज़ादी साहिबा को दिल के दौरे पड़ने लगे और उन्होंने

रो-रोकर उसे वापस बुलवा लिया। इसलिए बेचारे की हालत ऐसी कच्ची रोटी जैसी है जो समय पूर्व ही तवे से फिसलकर घी में आन गिरी हो पर ऊपर से काहिली और बेकारी की फफूँद ने उसे और भी बेकार बना दिया। वह एयरकंडीशन कमरों में सो-सोकर अपनी पुरानी कच्ची खपरैल से काँपने लगा है। फ्लश की आदत होने के कारण अब उसे गन्दे कच्चे संडास के खयाल से बुखार चढ़ता है। उसकी किस्मत का सितारा बुलन्दियों पर टिमटिमाता है जिसे पकडने के लिए वह आवारा बगुले की तरह सरगरदां है।

और जब वह बहुत थक जाता है तो गुस्से में आकर वह दोगुनी शराब पी कर सकून की जम्हाइयाँ लेने लगता है यही उसकी उलझन है और यही उसकी जिन्दगी की भाग-दौड़ है कि नमक की खान में जाकर वह भी तो नमक का खम्भा बन चुका है।

जब इन नमक की कानों पर फावड़ों की चोट पड़ेगी और उनके परखचे उड़ाकर रोटियों में गूँध डाले जायेंगे तो इस खालिस नमक की रोटी नमकीन नहीं बल्कि किरकिरी होगी, फिर उस किरकिरी रोटी का निवाला भी थूक दिया जायेगा। मेरी एक और भाभी भी है यह शिक्षित कहलाती है, उसे एक सफल बीवी बनने की शिक्षा मिली है, वह सितार बजा सकती है, मीटिंग कर सकती है, टेनिस खेलने, मोटर चलाने और घोड़े की सवारी में माहिर है। बच्चों की परवरिश आया से अच्छी तरह करवा सकती है, एक समय में सौ-डेढ़सौ मेहमानों की आवग-भगत कर सकती हैं मेरा मतलब है, बैरालोग को अपनी निगरानी में लेकर बड़े

लाड-प्यार से। वह कानवेन्ट से प्रशिक्षित है। और जब खुदा रखे व्यसक हुई तो उसके सुविचार माता-पिता ने उसके पास होनहार उम्मीदवारों की एक रजमट को पेश होने की आज्ञा दे दी, उनमें आई. सी. एस. भी थे और पी. सी. एस. भी थे। सुन्दर और शिक्षित भी थे, कुरूप और दुधारी गायें भी अशरफियों के थैलों के साथ-साथ मुँह का मज़ा बदलने को कुछ लेखक भी और शायर भी, और फिर उससे कह दिया कि बेटी तेरी आँखें भी हैं और नाक भी खूब ठोक-ठाँक बजाकर एक बकरा छाँट ले।

सो उसने खूब जाँच-पड़ताल करके एक अपने ही पल्ले का भारी-भरकम चुन लिया। और उस पर आशिक़ हो गयी जिसकी शाबाशी उसके माता-पिता ने अज़ीमुश्शान दहेज की सूरत में दी।

लोग इस हँस-हँसनी के जोड़े को रशक की निगाहों से देखते हैं और वह भी मुहब्बत में बेताब होकर एक दूसरे को 'डार्लिंग'' कहते हैं।

दोनों मियाँ-बीवी एक ही फरमे के बने हुए हैं, उनके मिज़ाज एक जैसे, पसन्द और नापसन्द एक जैसी अर्थात् हर बात एक जैसी है, दोनों एक क्लब के मेम्बर हैं, दोनों एक ही सोसाइटी के चहेते मेम्बर... एक ही थैली के चट्टे-बट्टे। यही कारण है कि उन्हें एक दूसरे से इतनी तीव्र नफरत है कि महीनों एक दूसरे की सूरत नहीं देखते। फुरसत ही नहीं मिलती।

मियाँ का एक दूसरे बड़े अफसर की बीवी से मशहूर इश्क चल रहा है और बीवी उसके एक साथी से जान-पहचान

रखती है। जिसकी बीवी अपनी सहेली के मियाँ से अटकी हुई है, यह सहेली एक सारजेंट के जाल में गिरफ्तार है जिसकी अपनी बीवी एक बूढ़े सेठ के पास रहती है जिसकी पुरानी चेचक के चेहरे वाली बीवी मैनेजर से उलझी हुई है जो एंग्लो-इण्डियन लड़कियों के चक्कर में पड़ा हुआ है जो मिलिट्री के नवयुवक... ऊँह छोड़िए भी क्या फायदा दखल से। मेरे बाल नाई के पास, नाई का उस्तरा मेरे पास, मेरा उस्तरा घसियारे के पास, इस प्रकार यह ज़ंजीर गोलाई में मुँह में दूसरे की दुम लिये दुनिया के चक्कर काट रही है। मेरी भाभी भी इस ज़ंजीर की एक कड़ी है और वहाँ जब तक लटकी रहेगी तब तक ज़ंजीर धरती को जकड़े रहेगी।

और मेरी तीसरी भाभी तो जग की दुल्हन है वह उस सड़क की तरह है जिस पर सब चलते हैं, उस छाँव की तरह है जो हर थके-माँदे को अपनी गोद में थपकियाँ देकर सुला देती है। वह साझे की हाँडी है जो आखिर में चौराहे पर फूटेगी। वह जिन्हें मुँह का मज़ा बदलने के लिए घर में मसाला रखने की क्षमता नहीं होती वह इससे फायदा उठाते हैं।

वह प्रतिदिन शाम को नये दूल्हा की दुल्हन बनती है और सुबह को विधवा हो जाती है, वह अपनी उन बहनों से खुशनसीब है जो एक रात में दस-बारह बार दुल्हन बनती हैं। दस बरातें चढ़ती हैं और दस बार राँड होती हैं। कुछ लोग नाक-चढ़ी पड़ोसनों की तरह उस पर टेढ़ी नज़रें डालते हैं, उनका खयाल है कि वह कुछ नीच है कोई गुनाह कर रही है।

मगर खुद उसकी समझ में नहीं आता कि वह कौन-सा पाप कर रही है। दुनिया में क्या नहीं बिकता और क्या नहीं खरीदा जाता। जो लोग उसे जिस्म बेचता देखकर इतना बिलबिला उठते हैं क्या लोग पैसे के बदले अपने दिमाग नहीं बेचते। अपने विचार का सौदा नहीं करते, अपनी अन्तरात्मा नहीं बेचते। मासूमों का खून भी तो आटे में गुँधकर बिकता है। कारीगर का गाढ़ा पसीना भी तो कपड़े के थान में रँगकर बिकता है। एक क्लर्क की पूरी ज़िन्दगी चालीस रुपये महीने पर बिक जाती है, एक टीचर की पूरी उम्र का सौदा उतने ही दामों पर हो जाता है तो फिर इस जिस्म के लिए इतनी ले-दे।

और उसका बाप काले बाज़ार का सम्मानित स्तम्भ था, उसका भाई नाजायज़ तरीक़े से नाजायज़ लोगों तक पहुँचाता था और दुनिया इन सबको जानते हुए भी उन्हें गले से लगाये बैठी है वह भी तो आखिर उन्हीं में से एक है जहाँ आवें का आवाँ टेढ़ा है वहाँ उसकी भी खपत होनी चाहिए।

वैसे वह कोई नस्ली रंडी नहीं, इसमें उसका क्या कसूर, वह आर्ट की सेवा करने फिल्म लाइन में गयी और वहाँ से लोग न जाने कब और कैसे उसे धीरे-धीरे इस कोने में खींच लाये। उसने यही तो किया कि फिल्म-स्टार बनने के लिए हर ठिकाने पर सर लगाया। फाइनेंसर से लेकर एक्टर्स तक के घर की खाक छानते-छानते वह खुद छलनी बन गयी। इस गड़बड़ी में न जाने कौन-सा रिहर्सल गलत कर गयी जो बजाय फिल्मी आसमान का चमकता सितारा बनने के बजाय वह यहाँ सड़क के किनारे टिमटिमाने लगी।

यही नहीं कि उसने शादी न की हो। उसने इस दुनिया में भी घूम करके देख लिया। मगर शादी के कुछ ही महीने बाद उसका मियाँ अपनी आदत से मजबूर इधर-उधर जाने लगा।

सिवाय बीवी बनने के उसे और कोई हुनर न आता था, वह चाहती तो तीस-पैंतीस का काम कर लेती मगर इतने रुपये से तो उसके शैम्पू का खर्च चलाने की भी आदत न थी या अस्पताल में नर्स बनने की कोशिश करती और साठ रुपये के बदले खून, पीप, खाँसी-बुखार, उल्टी-दस्त में क़लाबाज़ियाँ खाती लेकिन वह अच्छी तरह जानती थी कि इस प्रकार की मूर्खताओं में जान खपाने का शौक़ उसके अन्दर नहीं है। मजबूरन उसे फिल्म के दरवाज़े पर दस्तक देनी पड़ी।

रंगीन फिल्म हिन्दुस्तान में बनते तो शायद उसका रंग कुछ बिजलियाँ गिरा सकता लेकिन इन काली-सफेद फिल्मों में उसकी चौड़ी-चकली नाक और चुँधी आँखों ने उसकी लुटिया डुबो दी। थकी-हारी फिल्में बनाकर वह फाईनेंसर की गोद से गिरकर डायरेक्टर के पास आयी। वहाँ से फिसली तो हीरो और साइड हीरो के हत्थे चढ़ी। उसके बाद एक कैमरामैन लपका... वहाँ से जो टपकी तो गुमनामी में खिसक गयी और जब आँख खुली तो उसने खुद को इस बाज़ारे हुस्न में पाया मगर वह अब बड़ी समझदार हो गयी है अपने ग्राहकों को बड़ी होशियारी से नापती-तौलती अगर किसी दिन कोई मोटी मुर्गी, कुरूप बीवी और गन्दे बच्चों का मारा हाथ आ गया तो वह उसे अपना हमेशा का ग्राहक

बना डालेगी और सरकार से उसका कागज़ प्राप्त करके काले बाज़ार के भविष्य के स्तम्भ बनाने शुरू कर देगी।

यह हैं आदम-हव्वा के उत्तराधिकारी। सृष्टि का झण्डा सँभालने वाले दुनिया की गाड़ी को चलाने वाले जो चलाने की बजाय उसे लात-घूँसे से आगे-पीछे धकेल रहे हैं।

मगर ठहरिए मेरी और भाभी है, पर वह न जाने कहाँ है, मैंने एक-आध बार केवल उसकी झलक देखी है, कभी उसके माथे पर ढके हुए आँचल को देखा है जिसमें पीले-नीले सब रंग हैं और सुहाग की सुर्खी की झलक नज़र नहीं आती है। मैंने उसकी सुन्दर उँगलियाँ तो देखी हैं मगर उन्हें उलझे बालों को सुलझाते नहीं देखा। उसकी साँवली शाम को शरमाने वाले ज़ुल्फों की घटाएँ देखी हैं मगर उन्हें किसी के थके हुए कन्धों पर नहीं देखा। मैंने उसका चिकना मैदे की लोई जैसा पेट तो देखा है मगर उसमें अभी नयी उम्मीद के पौधे को परवान चढ़ते नहीं देखा। मैंने उसकी चूनें देखी हैं मगर उन्हें तलवार बनते नहीं देखा।

सुनते हैं वलियों में वह आन बसी है... उसकी महकती ज़ुल्फें, चौड़े-चकले कन्धों पर बिखर रही हैं... उसकी पतली-पतली उँगलियाँ उलझे बाल ही नहीं सुलझा रही हैं बल्कि बन्दूकों में कारतूस भर रही हैं और तलवारों की धार पर अपनी तीखी चितवनें रख रही हैं।

दूर जाने की ज़रूरत नहीं... यहीं बहुत क़रीब मेरे पड़ोस में तिलंगाना की अलबेलियाँ जीदार नौजवानों की आरतियाँ उतारी हैं और उनके हथियारों पर श्रद्धा के फूल चढ़ाकर सिन्दूर के टीके लगा रही हैं। मेरा इरादा है कि एक

दिन मैं भी इस जमीन पर जाऊँगी और उन सुहागनों के माथे का थोड़ा सा सिन्दूर माँग लाऊँगी... और उसे अपनी माँग में रचा लूँगी और फिर वह मेरी चहेती भाभी मेरे देश के कोने-कोने में आन बसेगी। अगर इन सास-ननदों के डर से मेरी भाभी बनकर न आ सकी तो मैं विश्वास से कहती हूँ कि मेरी बहू बनकर तो ज़रूर आयेगी।

भाभी

भाभी ब्याह कर आयी थी तो मुश्किल से पन्द्रह बरस की होगी, बढ़वार भी पूरी नहीं हुई थी। भय्या की सूरत से ऐसी काँपती थी जैसे कसाई से गाय मगर साल भर के अन्दर ही तो वह जैसे मुँहबन्द कली से खिलकर फूल बन गयी, शरीर भर गया। बाल घमेरे हो गये। आँखों में हिरनों जैसी घबराहट दूर होकर ग़रूर और शराब भर गयी। भाभी थोड़ा आज़ाद किस्म के खानदान से थी, कनवेन्ट में शिक्षा पायी थी। पिछले साल उसकी बड़ी बहन एक इसाई के साथ भाग गयी थी, इसलिए उसके माँ-बाप ने डर के मारे जल्दी से उसे कनवेन्ट से उठाया और चट-पट शादी कर दी।

भाभी आज़ाद माहौल में पली थी, हिरनियों की तरह कुलाँचें भरने की आदी थी मगर ससुराल और मैके दोनों तरफ से उस पर कड़ी निगरानी थी और भय्या की भी यही कोशिश थी अगर जल्दी से उसे पक्की गृहणी न बना दिया तो वह भी अपनी बड़ी बहन की तरह कोई गुल खिलाएगी। जबकि वह शादीशुदा थी। अतः उसे गृहणी बनाने पर जुट गये।

चार-पाँच साल के अन्दर भाभी को घिस-घिसाकर सचमुच सबने गृहणी बना दिया वह तीन बच्चों की माँ बनकर भद्‌दी और ढस हो गयी। अम्मा उसे खूब मुर्गी का

शोरबा गूँद खिलातीं, भय्या टानिक पिलाते और हर बच्चे के बाद वह दस पन्द्रह पौड बढ़ जाती।

धीरे-धीरे उसने बनना-सँवरना छोड़ दिया था। भय्या को लिपिस्टिक से नफरत थी, आँखों में मनों काजल और कस्कारा देखकर वह चिड़ जाते। भय्या को बस गुलाबी रंग पसन्द था, फिर सुर्ख... भाभी अधिकतर गुलाबी या सुर्ख ही कपड़े पहना करती थी, गुलाबी साड़ी पर सुर्ख ब्लाउज़ या किसी गुलाबी के साथ हल्का गहरा गुलाबी।

शादी के समय उसके बाल कटे हुए थे मगर दुल्हन बनाते समय तेल चिपुड़कर बाँधे गये थे लेकिन लगातार बच्चे होने के कारण वह थोड़ा गंजी हो गयी थी, वैसे भी वह बाल कसकर बाँध लिया करती थी। उसके मियाँ को वह मैली-कुचैली ऐसी ही बड़ी प्यारी लगती थी और मैके-ससुराल वाले भी उसकी सादगी को देखकर उसकी तारीफ के गुन गाते थे। भाभी थी बड़ी प्यारी सी, मक्खन जैसी रंगत, सुडौल हाथ-पाँव मगर उसने इस बुरी तरह अपने आपको ड़ीला छोड़ दिया था कि खमीरे आटे की तरह बह गयी थी।

भय्या उससे नौ बरस बड़े थे मगर उसके सामने लौंडे से लगते थे, वैसे ही सुडौल कसरती बदन वाले, रोज़ वर्ज़िस करते, बड़ी अहतियात से खाना खाते, बड़े हिसाब से सिगरेट पीते। यूँ ही कभी ह्विस्की-बीयर चख लेते। उनके मुख पर अब तक लड़कपन था। थे भी इकतीस बरस के मगर चौबीस-पच्चीस बरस के ही लगते थे।

उफ् भय्या को जींस और स्कर्ट से कैसी नफरत थी,

उन्हें यह नये फैशन की बेआस्तीनों की शरीर पर चिपकी हुई कमीज से भी बड़ी घिन आती थी। तंग मोरी की सलवारों से तो वह ऐसे जलते थे कि तोबा खैर। भाभी बेचारी तो सलवार-कमीज के काबिल रह ही नहीं गयी थी वह तो बस अधिकतर ब्लाउज़ और पेटीकोट पर ड्रेसिंग गाऊन चढ़ाये घूमा करती। कोई जान-पहचान वाला आ जाता तो भली वही अपना नेशनल ड्रेस पहने रहती। कोई खास मेहमान आता तो अकसर वह अन्दर ही अन्दर बच्चों से सर मारा करती जो कभी बाहर आना पड़ता तो वही मैली-सी साड़ी लपेट लेती वह गृहणी थी, बहू थी और चहेती थी। उसे रंडियों की तरह बन-सँवर कर किसी को लुभाने की क्या आवश्यकता थी।

और भाभी शायद यूँ ही अधेड़ और फिर बूढ़ी हो जाती। बहुएँ ब्याह कर लातीं जो सुबह उठकर उसे झुककर सलाम करतीं, गोद में पोता खिलाने को देतीं मगर खुदा को कुछ और ही मंजूर था।

शाम का समय था हम सब लान में बैठे चाय पी रहे थे, भाभी पापड़ तलने बावर्चीखाने में गयी थीं। बावर्ची ने पापड़ लाकर दिये भय्या को बादामी पापड़ अच्छे लगते थे।

उन्होंने प्यार से भाभी की तरफ देखा और झट उठकर पापड़ तलने चली गयीं, हम लोग मज़े से चाय पीते रहे। हाय भाभी थी, कि फरिश्ता, मैं तो कॉलेज से आकर बावर्चीखाने में जाने पर किसी तरह मजबूर नहीं की जा सकती थी। दूसरी बहनें भी लाइन में खड़ी थीं। फरीदा का मंगेतर आया था वह उसकी तरफ जुटी हुई थी, रज़िया और

शमीम अपने दोस्तों के साथ गप्पें लड़ाने में व्यस्त थीं वह क्या पापड़ तलतीं और हम सब तो बाबुल के आँगन की चिड़ियाँ थीं और उड़ने के लिए पर तोल रही थीं।

धाँए से फुटबाल आकर भाभी की प्याली में पड़ी। हम सब उछल पड़े, भय्या मारे गुस्से के भन्ना उठे।

"कौन पाजी है?" उन्होंने जिधर से गेंद आयी थी उधर मुँह करके डाँटा।

बिखरे हुए बाल, गोल-मोल सर और बड़ी-बड़ी आँखें ऊपर से झाँकीं, एक छलाँग में भय्या मुंडेर पर थे और मुजरिम के बाल उनकी पकड़ में।

"ओह!" एक चीख गूँजी और दूसरे पल भय्या ऐसे उछलकर अलग हो गये जैसे उन्होंने बिच्छू के डंक पर हाथ डाल दिया हो या अंगारा पकड़ लिया हो।

"सॉरी... आई एम वेरी सॉरी..." वह हकला रहे थे। हम सब दौड़कर गये देखा तो मुंडेर के उस तरफ एक दुबली-पतली नागिन-सी लड़की सफेद कपड़ों में मर्द की तरह कटे हुए बालों में पतली-पतली उँगलियाँ फेरकर खिसयानी हँसी हँस रही थी और फिर हम सब हँसने लगे।

भाभी पापड़ों की प्लेट लिये अन्दर से निकलीं और बगैर पूछे यह समझकर हँसने लगीं कि ज़रूर कोई हँसने की बात हुई होगी। उसका ढीला पेट हँसने में फुदकने लगा और जब उसे पता हुआ कि भय्या ने शबनम को लोडा समझकर उसके बाल पकड़ लिये तो वह और भी ज़ोर-ज़ोर से हँसने लगीं कि कई पापड़ के टुकड़े घास पर बिखर गये। शबनम

ने बताया कि वह उसी दिन अपने चचा खालिद जमील के यहाँ आयी हैं। अकेले जी घबराया तो फुटबाल ही लुढ़काने लगी जो किस्मत से भय्या जी की प्याली पर आन गिरी।

शबनम, भय्या को अपनी तीखी मस्कारा लगी आँखों से घूर रही थी। भय्या सन्नाटे में उसे तक रहे थे। एक करंट उन दोनों के मध्य दौड़ रहा था। भाभी इस करंट से कटी हुई जैसे कोसों दूर खड़ी थीं। उसका फुदकता हुआ पेट सहमकर रुक गया। हँसी ने उसके होठ पर लड़खड़ाकर दम तोड़ दिया। उसके हाथ ढीले हो गये और सपनों की दुनिया में लौट आये।

शबनम फुदक कर मुंडेर पर चढ़ गयी।

"आइये चाय पी-लीजिए।" मैंने ठहरी हुई फिज़ा को धक्का देकर आगे खिसकाया। एक लचक के साथ शबनम ने अपने पैर मुंडेर के उस पार से इस पार झुलाये। सफेद छोटे-छोटे पैर हरी घास पर फाख्ता के जोड़े की तरह ठुमकने लगे मगर आँखें जैसे काली कटोरियों में किसी ने शहद भर दिया हो। नींबू के रंग के ब्लाऊज़ में वह बिलकुल किसी अमरीकी इश्तहार का मॉडल मालूम हो रही थी। भाभी से कोई फुट भर लाम्बी लग रही थी। असल में मुश्किल से दो इंच ऊँची होगी, उसकी हड्डी बड़ी नाजुक थी। इसलिए कमर तो ऐसी कि छल्ले में पिरो लो।

भय्या कुछ गुमसुम से बैठे थे। भाभी उन्हें ऐसे ताक रही थीं जैसे बिल्ली पर तोलते हुए परिन्दे को घूरती है कि जैसे ही फड़फड़ाये बढ़कर दबोच ले। उसका चेहरा तमतमा रहा था। होठ भिंचे हुए थे, नथुने फड़फड़ा रहे थे।

इतने में मुन्ना आकर उसकी पीठ पर धम से कूदा। वह हमेशा उसकी पीठ पर ऐसे कूदा करता था जैसे वह गुदगुदा सा तकिया हो। भाभी हमेशा ही हँस दिया करती थीं मगर आज उसने चटाख-पटाख दो-चार चाँटे जड़ दिये।

शबनम परेशान हो गयी।

"अरे ... अरे रोकिए न..." उसने भय्या का हाथ छूकर कहा।

"बड़ी गुस्सा करने वाली हैं आपकी ममी।" उसने मेरी तरफ मुँह फेरकर कहा।

परिचय कराना अजीब सा लगता था वह तो सूरत से ही घर की बहू लगती थी। शबनम की बात पर हम सब ठहाका मारकर हँस पड़े। भाभी मुन्ने का हाथ पकड़ कर घसीटती हुई अन्दर चली गयी।

"अरे यह तो हमारी भाभी है।" मैंने भाभी को धम-धम जाते हुए देखकर कहा।

"भाभी?" शबनम आश्चर्यचकित होकर बोली।

"उनकी, भय्या की बीवी।"

"ओह..." उसने संजीदगी से अपनी नज़रें झुका लीं, मैं मैं समझी!" उसने बात अधूरी छोड़ दी।

"मगर डोंट बी सिली..." शबनम हँसी .... भय्या भी उठकर चल दिये।

"खुदा की क़सम"

"ओह... जिहालत..."

"नहीं... भाभी शिक्षित हैं, पन्द्रह बरस की उम्र में उन्होंने ग्रेजुएशन किया था।"

“इसका मतलब है वह मुझसे तीन साल छोटी हैं मैं छब्बीस साल की हूँ।”

“तब तो बिलकुल छोटी हैं।”

“उफ् और मैं समझी। वह तुम्हारी मम्मी हैं। असल में मेरी आँखें थोड़ा कमज़ोर हैं मगर मुझे ऐनक से नफरत है। बुरा लगा होगा उन्हें।”

“नहीं भाभी को कुछ बुरा नहीं लगता।”

“च...बेचारी...”

“कौन...कौन... भाभी।” न जाने मैंने क्यूँ कहा।

“भय्या आपनी बीवी पर जान देते हैं।” सफिया ने वकील बनकर कहा।

“बेचारे की बहुत बचपन में शादी कर दी गयी होगी।”

“पच्चीस-छब्बीस साल के थे।”

“मगर मुझे तो मालूम भी न था कि बीसवीं सदी में बगैर देखे शादियाँ होती हैं।” शबनम ने मुस्कुराकर कहा।

“तुम्हारा हर अनुमान गलत निकल रहा है... भय्या ने भाभी को देखकर बेहद पसन्द कर लिया था तब शादी हुई थी मगर जब वह कमल के फूल जैसी नाजुक और सुन्दर थीं।”

“फिर यह क्या हो गया शादी के बाद?”

“होता क्या... भाभी अपने घर की मलिका हैं, बच्चों की माँ हैं, कोई फिल्म एक्ट्रेस तो हैं नहीं, दूसरे भय्या को सूखी मारी लड़कियों से घिन है।” मैंने जाकर शबनम पर चोट की वह बेवकूफ न थी।

"भई चाहे मुझसे कोई प्यार करे या न करे मैं तो किसी को खुश करने के लिए हाथी का बच्चा कभी न बनूँ ...ओ माफ करना तुम्हारी भाभी कभी बहुत सुन्दर होंगी मगर अब तो..."

"आपका सोचने का अन्दाज़ भय्या से अलग है" मैंने बात टाल दी और जब वह बल खाती सीधी सुडौल टाँगों को आगे-पीछे झुलाती नन्हे-नन्हे कदम रखती मुंडेर की तरफ जा रही थी, भय्या बरामदे में खड़े थे, उनका चेहरा सफेद पड़ गया था। और बार-बार अपनी गुद्दी सहला रहे थे जैसे किसी ने वहाँ जलती हुई आग रख दी हो। चिड़िया की तरह फुदककर वह मुंडेर पर फलाँग गयी। पलभर को पलटकर उसने अपनी शरबती आँखों से भय्या को तोला और छलावे की तरह कोठी में गायब हो गयी।

भाभी लॉन पर झुकी हुई प्यालियाँ समेट रही थीं मगर उसने एक नज़र न आने वाला तार देख लिया जो भय्याजी और शबनम की निगाहों के मध्य दौड़ रहा था।

एक दिन मैंने खिडकी में से देखा। शबनम स्कर्ट और सफेद गले का ब्लाऊज पहने पप्पू के साथ नाच रही थी। उसका नन्हा सा कुत्ता, टाँगों में उलझ रहा था वह ऊँचे-ऊँचे कहकहे लगा रही थी उसकी सुडौल साँवली टाँगें हरी-हरी घास पर थिरक रही थीं। काले रेशमी बाल हवा में छलक रहे थे। पाँच साल का पप्पू बन्दर की तरह फुदक रहा था मगर वह नशीली नागिन की तरह लहरा रही थी। उसने नाचते-नाचते नाक पर अँगूठा रखकर मुझे चिडाया। मैंने जवाब में घूँसा दिखा दिया। मगर तुरन्त ही मुझे उसकी

निगाहों का पीछा करके मालूम हुआ यह इशारा वह मेरी तरफ नहीं कर रही थी। भय्या बरामदे में अहमकों की तरह खड़े गुद्दी सहला रहे थे और वह उन्हें मुँह चिढ़ाकर जला रही थी, उसकी कमर में बल पड़ रहे थे, कूल्हे मटक रहे थे, बाँहें थरथरा रही थीं, होठ एक-दूसरे से जुदा काँप रहे थे उसने साँप की तरह लप-से ज़बान निकालकर अपने होठ को चाटा। भय्या की आँखें चमक रही थीं और वह खड़े दाँत निकाल रहे थे, मेरा दिल धक से रह गया... भाभी गोदाम में अनाज तुलवाकर बावर्ची को दे रही थीं।

"शबनम की बच्ची..." मैंने दिल में सोचा। मगर गुस्सा मुझे भय्या पर भी आया। उन्हें दाँत निकालने की क्या ज़रूरत थी, उन्हें तो शबनम जैसी करंटियों से नफरत थी, उन्हें तो अंग्रेज़ी नाचों से घिन आती थी फिर वह क्यूँ खड़े उसे तक रहे हैं और ऐसी भी क्या बेसुधी कि उनका शरीर ताल पर काँप रहा था और उन्हें खबर न थी।

इतने में नौकर चाय की ट्रे लेकर लॉन पर आ गया... भय्या ने हम सब को आवाज़ दी और नौकर से कहा भाभी को भेज दे।

शबनम को बुलावा देना पड़ा। मेरा तो जी चाह रहा था बिलकुल उसकी तरफ मुँह फेरकर बैठ जाऊँ मगर वह मुन्ने को पीठ पर चढ़ाये मुंडेर फलाँग कर आयी तो न जाने क्यूँ मुझे वह बिलकुल मासूम लगी, वह घोड़े की चाल चलती हुई लॉन पर दौड़ रही थी भय्या ने मुन्ने को उसकी पीठ से उतारना चाहा। मगर वह और चिमट गया।

"अभी और घोड़ा चले आन्टी।"

''नहीं बाबा... आन्टी में दम नहीं...'' शबनम चिल्लायी। बड़ी मुश्किल से गोद में उठा लिया और भय्या के हाथ पर ज़ोर का थप्पड लगाया।

''शरम नहीं आती... इतने बड़े ऊँट के ऊँट छोटे से बच्चे पर हाथ उठाते हैं।'' भाभी को आता देखकर उसने मुन्ने को उनकी गोद में दे दिया, उसका चाँटा खाकर भय्या मुस्कुरा रहे थे।

''देखिए तो कितनी ज़ोर से थप्पड़ मारा है मेरे बच्चे को कोई मारता तो हाथ तोडकर रख देती।'' उसने शरबत की कटोरियों में ज़हर घोलकर भय्या को देखा और फिर हँस रहे हैं बेशरम।

''हूँ दम भी है... जो हाथ तोड़ोगी...'' भय्या ने उसकी कलाई मरोड़ दी। वह बल खाकर इतनी ज़ोर से चीखी कि भय्या ने काँपकर उसे छोड दिया और वह हँसते-हँसते ज़मीन पर लोट गयी। चाय के दौरान भी शबनम की शरारतें चलती रहीं वह बिलकुल कम उम्र छोकरियों की तरह मज़ाक कर रही थी। भाभी गुमसुम बैठी थीं आप समझे होंगे शबनम के वजूद से डरकर उन्होंने अधिक मैली रहने लगीं। पहले से भी अधिक खातीं। हम सब तो हँस अधिक रहे थे मगर वह सर झुकाए केक उड़ाने में व्यस्त थीं। चटनी लगा-लगा कर भुजिए निगल रही थीं, सिंके हुए तोसों पर ढेर सा मक्खन और जेल थोप खाये जा रही थीं। भय्या और शबनम को देख-देखकर हम सब परेशान थे और शायद भाभी फिक्रमन्द होंगी। वह अपनी परेशानी को मुर्गन खानों में दफन कर रही थीं। उन्हें हर समय खट्टी डकारें आया

करतीं मगर वह चूरन खा-खाकर पुलावो-कोरमा हज़म करतीं। वह सहमी-सहमी नज़रों से भय्या और शबनम को हँसता-बोलता देखतीं। भय्या तो कुछ और भी लौंडे लगने लगे थे। शबनम के साथ वह सुबह और शाम समुंद्र में तैरते। भाभी अच्छा-भला तैरना जानती थीं मगर भय्या को स्वीमिंग-सूट पहनी महिलाओं से नफरत थी। एक दिन हम सब समुंद्र में नहा रहे थे। शबनम दो धज्जियाँ पहने नागिन की तरह पानी में बल खा रही थी। इतने में भाभी जो देर से मुन्ने को खिला रही थीं आ गयीं। भय्या शरारत के मूड में तो थे ही दौड़कर उन्हें पकड़ लिया और हम सब ने मिलकर उन्हें पानी में घसीट लिया। जब से शबनम आयी थीं भय्या बहुत शरारती हो गये थे। एकदम से वह दाँत किचकिचा कर भाभी को हम सब के सामने भींच लेते। उन्हें गोद में उठाने की कोशिश करते मगर वह उनके हाथों में से मछली की तरह फिसल जातीं। फिर वह खिसियाकर रह जाते जैसे खयालों में वह शबनम को उठा रहे थे और भाभी कटी गाय की तरह शर्मिन्दा होकर तुरन्त कोई मज़ेदार डिश तैयार करने चली जातीं। उस समय जो उन्हें पानी में धकेला गया तो वह गठड़ी की तरह लुढ़क गयीं। उनके कपड़े शरीर पर चिपक गये और उनके शरीर का सारा भौंडापन भयानक तरीके से उभर आया। कमर पर जैसे किसी ने कुछ लपेट दिया था। कपड़ों में वह इतनी भयानक नहीं मालूम होती थीं।

"उफ् ओ कितनी मोटी हो गयी हो तुम" भय्या ने उनके कूल्हे का बोटा पकड कर कहा। उफ् तोंद देखो...

बिलकुल गामा पहलवान मालूम हो रही हो।''

''हुँ चार बच्चे होने के बाद कमर...''

''मेरे भी तो चार बच्चे हैं... मेरी कमर तो डनलप का गद्दा नहीं बनी'' उन्होंने अपने सुडौल शरीर को ठोक-बजाकर कहा और भाभी मुँह फुलाये भीगी मुर्गी की तरह पैर मारती झुरझुरियाँ लेती रेत में गहरे-गहरे गढ़े बनाती मुन्ने को घसीटती चली गयीं। भय्या बिलकुल बेफिक्र होकर शबनम को पानी में डुबकियाँ देने लगे। मगर वह कहाँ हाथ आने वाली थी। ऐसा अड़ंगा लगाया कि गड़ाप से औंधे मुँह गिर पड़े।

जब नहाकर आये तो भाभी सर झुकाये खूबानियों के मुरब्बे पर क्रीम की तह जमा रही थीं। उनके होठ सफेद हो रहे थे और आँखें सुर्ख थीं। मोटे गाल कुछ और सूजे हुए लग रहे थे।

लंच पर भाभी बेहद गमगीन थीं। अतः बड़ी तेज़ी से खूबानियों का मुरब्बा और क्रीम खाने पर जुटी हुई थीं। शबनम ने डिश की तरफ देखकर ऐसे फुरेरी ली जैसे खूबानियाँ न हों साँप-बिच्छू हों।

''ज़हर है ज़हर!'' उसने सलीके से ककड़ी का टुकड़ा कुतरते हुए कहा और भय्या-भाभी को घूरने लगे मगर वह मुरब्बा उड़ाती रहीं।

''हद है!'' उन्होंने नथुने फड़काकर कहा।

भाभी ने कोई ध्यान न दिया और क़रीब-क़रीब पूरी डिश पेट में उँडेल ली। उन्हें मुरब्बा खाते देखकर ऐसा मालूम होता था जैसे वह ईर्ष्या के तूफान को रोकने के लिए

बंद बाँध रही हों, यह क्रीम चट्टानों की सूरत उठेंगी। भय्या जी और शबनम की मुस्कुराती हुई आँखों के टकराओं से भड़कने वाले शोले इन पथरीली दीवारों को न पिघला सकेंगे।

"ख़ुदा के लिए बस करो... डॉक्टर भी मना कर चुका है ऐसा भी क्या चटोरापन।" भय्या ने कह ही दिया। मोम की दीवार की तरह भाभी पिघल गयीं। भय्या का नश्तर चर्बी की दीवारें को चीरता हुआ ठीक दिल में उतर गया। मोटे-मोटे आँसू भाभी के फूले हुए गालों पर फिसलने लगे। सिसकियों ने शरीर के ढेर में ज़लज़ले पैदा कर दिया। दुबली-पतली और नाज़ुक लड़कियाँ किस सुहाने अन्दाज़ में रोती हैं मगर भाभी को रोते देखकर बजाय दुख के हँसी आयी थी, जैसे कोई रूई के भीगे हुए ढेर को डण्डों से पीट रहा हो।

वह नाक पोंछती हुई उठने लगीं मगर हम लोगों ने रोक लिया और भय्या को डाँटा, ख़ुशामद करके वापस उन्हें बिठा लिया। बेचारी नाक सड़काती बैठ गयीं मगर जब उन्होंने कॉफी में तीन चमचा शक्कर डालकर क्रीम की तरफ हाथ बढ़ाया तो एकदम ठिठक गयीं, सहमी हुई नज़रों से शबनम और भय्या की तरफ देखा। शबनम कठिनाई से अपनी हँसी रोके हुए थी। भय्या मारे गुस्से के रुआँसे हो रहे थे, वह एकम भन्नाकर उठे और जाकर बरामदे में बैठ गये। उसके बाद हालात और बिगड़े, भाभी ने खुल्लीम-खुल्ला ऐलाने जंग कर दिया। किसी ज़माने में भाभी का पठानी खून बहुत गरम था। छोटी-सी बात पर हाथा-पाई पर उतर आया

करती थीं और अधिकतर भय्या से गुस्सा होकर बजाय मुँह फुलाने के वह खुंखार बिल्ली की तरह उन पर टूट पड़तीं, उनका मुँह खसोट डालतीं। दाँतों से गिरेबान की धज्जियाँ उड़ा देतीं फिर भय्या उन्हें अपनी बाँहों में जकड़कर बेबस कर देते और वह उनके सीने से लगकर प्यासी डरी हुई चिड़िया की तरह फूट-फूट कर रोने लगतीं फिर मिलाप हो जाता और झेंपी-खिसियाती वह भय्या के मुँह पर लगे हुए खरोंचों पर प्यार से टिंक्चर लगा देतीं, उनके गिरेबान को रफू कर देतीं और मीठी-मीठी शुक्र-गुज़ार आँखों से उन्हें तकती रहतीं।

यह तब की बात है जब भाभी हल्की-फुल्की तीतरी की तरह थीं। लड़ती हुई छोटी-सी बिल्ली मालूम होती थीं। भय्या को उन पर गुस्सा आने के बजाय और प्यार आता मगर जब उन पर गोश्त ने जिहाद बोल दिया था वह बहुत ठण्डी पड़ गयी थीं। उन्हें प्रथम तो गुस्सा न आता और अगर आता भी तो तुरन्त इधर-उधर काम में लगकर भूल जातीं।

उस दिन उन्होंने अपने भारी भरकम डील को भूलकर भय्या पर हमला कर दिया। भय्या केवल उनके बोझ से धक्का खाकर दीवार से जा चिपके। रूई के गठड़ को यूँ लुढ़कते देखकर उन्हें बहुत घिन आयी न गुस्सा हुए न बिगड़े, शर्मिन्दा,उदास सर झुकाये कमरे से निकल भागे। भाभी वहीं पसरकर रोने लगीं।

बात और बढ़ी और एक दिन भय्या के साले आकर भाभी को ले गये। तुफैल भाई भाभी के चचाज़ाद भाई थे।

उन्हें देखकर वह बच्चों की तरह उनसे लिपट कर रोने लगीं। उन्होंने भाभी को पाँच साल बाद देखा था वह गोल गेंद को देखकर थोड़ी देर के लिए सिटपिटाये फिर उन्होंने भाभी को नन्ही बच्ची की तरह सीने से लगा लिया। भय्या उस वक्त शबनम के साथ क्रिकेट का मैच देखने गये हुए थे। तुफैल ने शाम तक उनका इन्तज़ार किया वह न आये तो मजबूर होकर भाभी और बच्चों का सामान तैयार किया गया।

जाने से पहले भय्या घड़ी भर को खड़े-खड़े आये।

"दिल्ली के मकान मैंने इनके मेहर में दिये।" उन्होंने रूखाई से तुफैल से कहा।

"मेहर?" भाभी थरथर काँपने लगीं।"

"हाँ... तलाक के कागज़ात वकील के द्वारा पहुँच जायेंगे।"

"इसी में बेहतरी है।"

"मगर... बच्चे...?"

"यह चाहें तो उन्हें ले जायें... वरना मैंने बोर्डिंग में व्यवस्था कर दी है।

एक चीख मारकर भाभी भय्या पर झपटीं... मगर उन्हें खसोटने की हिम्मत न पड़ी, सहमकर ठिठक गयीं।

और फिर भाभी ने अपने औरतपन की पूरी तरह बेआबरूई कर डाली। वह भय्या के पैरों पर टूट गयीं, नाक रगड़ डाली।

"तुम उससे शादी कर लो... मैं कुछ न कहूँगी मगर ख़ुदा के लिए मुझे तलाक न दो। मैं यूँ ही जिन्दगी गुज़ार

दूँगी, मुझे कोई शिकायत न होगी।''

मगर भय्या ने नफरत से भाभी के थुलथुल करते हुए शरीर को देखा और मुँह मोड़ लिया।

''मैं तलाक दे चुका। अब... क्या हो सकता है।''

मगर भाभी को कौन समझाता। वह बिलबिलाए चली गयीं।

''बेवकूफ...'' तुफैल ने एक ही झटके में भाभी को ज़मीन से उठा लिया ''गधी कहीं की चल उठ...'' और वह उसे घसीटते हुए ले गये।

क्या दर्दनाक समाँ था। बच्चे फूट-फूटकर रोने में भाभी का साथ दे रहे थे। अम्मा खामोश एक-एक का मुँह तक रही थीं। अब्बा की मौत के बाद उनकी घर में कोई हैसियत नहीं रह गयी थी। भय्या सब कुछ थे बल्कि हम सब के संरक्षक थे। अम्मा उन्हें बहुत समझाकर हार चुकी थीं। उन्हें इस दिन की अच्छी तरह खबर थी मगर क्या कर सकती थीं।

भाभी चली गयीं... माहौल ऐसा खराब हो गया कि भय्या और शबनम भी शादी के बाद हिल स्टेशन पर चले गये।

सात-आठ साल गुज़र गये, कुछ कम या अधिक ठीक अन्दाज़ा नहीं, हम सब अपने-अपने घरों की हुईं। अम्मा का इन्तकाल हो गया, अब्बा की मौत के बाद वह बिलकुल गुमसुम होकर रह गयी थीं। उन्होंने भाभी की तलाक पर बहुत रोना-पीटना मचाया। मगर भय्या के मिजाज़ से वह परिचित थीं वह कभी अब्बा की नहीं सुनते थे, कमाऊ पूत

अपना आप मालिक होता है।

घर उजड़ गया। भरा हुआ घर सुनसान हो गया। सब इधर-उधर उड़ गये। सात-आठ साल आँख झपकते न जाने कहाँ गुम हो गये, कभी साल-दो-साल में भय्या की कोई खैर-खबर मिल जाती। वह अधिकतर हिन्दुस्तान से बाहर मुल्कों के फेरों में उलझे रहे मगर जब उनका खत आया कि वह बम्बई आ रहे हैं तो भूला-बिसरा बचपन फिर से जाग उठा। भय्या जी ट्रेन से उतरे तो हम दोनों बच्चों की तरह लिपट गये। शबनम कहीं नज़र न आयी उनका सामान उतर रहा था। जैसे ही भय्या से उसकी खैरियत पूछने को मुड़ी, धप से एक वज़नी हाथ मेरी पीठ पर पड़ा और कई मन का गरम-गरम गोश्त का पहाड़ मुझसे लिपट गया।

"भाभी!" मैंने प्लेटफार्म से नीचे गिरने से बचने के लिए खिड़की में झूलकर कहा। ज़िन्दगी में मैंने शबनम को कभी भाभी न कहा था वह लगती भी तो शबनम ही थी मगर आज मेरे मुँह से अपने आप भाभी निकल गया। शबनम की फुवार।

इन कुछ सालों में गोश्त और पोस्त का थोदा कैसे बन गयी? मैंने भय्या की तरफ देखा वह वैसे ही लम्बे कद और छरेरे थे। एक तोला गोश्त न इधर न उधर, वही कमउम्र लड़कों जैसे घने बाल, बस दो-चार सफेद चाँदी के तार कनपटियों पर झाँकने लगे थे। जिनसे वह और भी सुन्दर और सम्मानित मालूम होने लगे थे वैसे के वैसे। चट्टान की तरह जमे हुए थे, लहरें तड़प-तड़प कर चट्टान की ओर लपकती हैं अपना सर उसके क़दमों में दे मारती हैं।

पास-पास होकर बिखर जाती हैं, दम तोड़ देती हैं, हार-थककर वापस लौट जाती हैं, कुछ वहीं उसके कदमों में दम-तोड़ देती हैं और नयी लहरें फिर सरफरोशी के इरादे से समेटे चट्टान की तरह खींची चली आती हैं।

और चट्टान...? इन सजदों से दूर... व्यंग्य से मुस्कुराता रहता है, अटल, लापरवाह और बेरहम! जब भय्या ने शबनम से शादी की तो सबने ही कहा था... शबनम आज़ाद लड़की है पक्की उम्र की ही... भाभी... तो यह मैंने शहनाज़ को हमेशा भाभी ही कहा। हाँ तो शहनाज़ भोली और कमउम्र थी... भय्या के काबू में आ गयी यह नागिन उन्हें डसकर बेसुध कर देगी उन्हें मज़ा चखायेगी।

मगर मज़ा तो लहरों को केवल चट्टान ही चखा सकती है।

"बच्चे बोर्डिंग में हैं छुट्टी नहीं थी उनकी..." शबनम ने खट्टी डकारों भरी साँस मेरी गरदन पर छोडकर कहा।

और मैं हैरत से इस गोशत के ढेर में उस शबनम की फुवार को ढूँढ रही थी, जिसने शहनाज़ के प्यार की आग को बुझाकर भय्या के कलेजे में नयी आग भड़का दी थी मगर यह क्या? बजाय उस आग में खुद भस्म हो जाने के भय्या तो और भी सोने की तरह तपकर निखर आये थे। आग खुद अपनी तपिश में भस्म होकर राख का ढेर बन गयी थी... भाभी तो मक्खन का ढेर थी... मगर शबनम तो झुलसी हुई मटियाली राख थी। उसका साँवला गन्दुमी रंग मरी हुई छिपकली के पेट की तरह और पीला हो चुका था वह शरबत घुली हुई आँखें गदली और बेरौनक़ हो गयी थीं।

पतली नागिन जैसी लचकती हुई कमर का कहीं दूर-दूर तक पता न था। वह हमेशा हामिला जैसी मालूम होने लगी थीं।

उसके चेहरे पर पहले से अधिक पाउडर थुपा हुआ था। आँखें मस्कारा से लुथड़ी हुई थीं। भवें शायद गलती से अधिक नुच गयी थीं जभी इतनी गहरी पेंसिल घिसन पड़ी थीं।

भय्या रिट्ज़ में ठहरे रात को डिनर पर हम वहीं पहुँच गये।

केबरे अपने पूरे उत्थान पर था, मिस्री सुन्दरी अपने छाती जैसे पेट को मरोड़ियाँ दे रही थी। उसके कूल्हे गोलाई में लचक रहे थे। सुडौल मरमरी बाज़ू हवा में थरथरा रहे थे। बारीक कपड़े में से उसकी टाँगें हाथी दाँत के तराशे हुए सतूनों की तरह फड़क रही थीं... भय्या की भूखी आँखें उसके जिस्म पर बिच्छुओं की तरह रेंग रही थीं... वह बार-बार अपनी गुद्दी पर अनजानी चोट सहला रहे थे।

भाभी जो कभी शबनम थी... मिस्री रूकासा(नर्तकी) की तरह लहरायी हुई बिजली थी जो एक दिन भय्या के होश पर गिरी थी, आज रेत के तोदे की तरह भस्की बैठी थी। उसके मोटे-मोटे गाल खून की कमी और स्थायी रूप से बदहज़मी के कारण ममी की तरह पीले-हरे हो रहे थे। लाइटस के प्रकाश में उसका रंग देखकर ऐसा मालूम हो रहा था जैसे किसी अनजान नाग ने डस लिया हो। मिस्री रूकासा के कूल्हे तूफान बरपा कर रहे थे और भय्या जी के दिल की नाव उस भँवर में फेरियाँ खा रही थीं। पाँच बच्चों की शबनम ...जो अब तेज़ी से भुना हुआ मुर्ग हड़प कर रही थी।

आरकेस्ट्रा ने एक भरपूर साँस खींची... साज़ कराहे ... ड्रम का दिल गूँज उठा, मिस्री रूकासा की कमर ने आखिरी झकोले लिये और निढाल होकर मरमरी फर्श पर फैल गयी।

हॉल तालियों से गूँज रहा था... शबनम की आँखें भय्या जी को ढूँढ रही थीं... बैरा ताज़ा क्रीम का जग ले आया। बेखयाली में शबनम ने प्याला रसभरियों से भर लिया। उसके हाथ काँप रहे थे, आँखें चोट खाई हुई हिरनियों की तरह परेशान चौकड़ियाँ भर रही थीं।

भीड़-भाड़ से दूर... हल्के अँधेरी बालक में भय्या खड़े मिस्री रूकासा का सिगरेट सुलगा रहे थे। उनकी निगाहें रूकासा की नशीली आँखों से उलझ रही थीं। शबनम का रंग उड़ा हुआ था और वह एक बेडौल पहाड़ की तरह गुमसुम बैठी थी। शबनम को अपनी तरफ देखते भय्या रूकासा का हाथ थामे अपनी मेज़ की तरफ लौट आये और परिचय कराया।

"मेरी बहन।" उन्होंने मेरी तरफ इशारा किया। रूकासा ने लचककर मेरे वजूद को मान लिया।

"मेरी बेगम"... उन्होंने ड्रामाई अन्दाज़ में कहा... जैसे कोई मैदाने जंग में खाया हुआ ज़ख्म किसी को दिखा रहा हो। रूकासा हक्का-बक्का रह गयी जैसे उसकी जीवन-संगिनी को नहीं खुद उनकी लाश को खून में रंगे देख लिया हो। वह शबनम को घूरने लगी फिर उसने अपने कलेजे की सारी ममता अपनी आँखों में डूबकर भय्या की तरफ देखा। उसकी एक नज़र में लाखों कहानियाँ छुपी थीं। उफ् यह

हिन्दुस्तान में जिहालत से कैसी-कैसी प्यारी हस्तियाँ रस्म और रिवाज पर कुर्बान की जाती हैं। पूजने के योग्य हैं वह लोग और काबिले रहम भी जो ऐसी-ऐसी 'सज़ाएँ' भुगतते हैं।"

"शबनम अर्थात् मेरी भाभी ने रूकासा(नर्तकी) की निगाहों में यह सब कुछ पढ़ लिया, उसके हाथ काँपने लगे परेशानी छुपाने के लिए उसने क्रीम का जग उठाकर रसभरियों पर उँडेल दिया और जुट गयी।

बेचारे भय्या जी! हैंडसम और मज़लूम... सूरज देवता की तरह सुन्दर और रोमांटिक शहदभरी आँखों वाले भय्या जी चट्टान की तरह अटल... एक अमर शहीद का रूप सजाये बैठे मुस्कुरा रहे थे।

एक लहर चूर-चूर उनके क़दमों में पड़ी दम तोड़ रही थी।

दूसरी नयी-नवेली लचकती हुई लहर उनकी पथरीली बाँहों में समाने के लिए व्याकुल थी।

□□□